Dominando Susan
Prima Parte
(Dominazione erotica)
Di
Erika Sanders
Serie
Dominando Susan Vol. 1 a 5

Sinossi

Susan, dopo aver finito il college, va al suo primo lavoro, un lavoro fornito da un amico di famiglia, Robert, che ha sempre avuto un desiderio speciale per la figlia del suo amico.

Questo desiderio speciale è portare Susan sotto il suo dominio ...

Questa pubblicazione contiene una serie di forte contenuto erotico BDSM, dove metto in relazione le avventure di Susan nella sua sfaccettatura di sottomissione.

Romanzi BDSM romantici ed erotici ad alto contenuto.

Contiene i seguenti volumi:

Nota sull'autrice

Erika Sanders è una nota scrittrice internazionale che firma i suoi scritti più erotici, lontano dalla sua solita prosa, con il suo nome da nubile.

Indice:

DOMINANDO SUSAN
PRIMA PARTE
(DOMINAZIONE EROTICA)
DI
ERIKA SANDERS

PREFAZIONE

Robert è un maturo uomo d'affari di successo, sposato con un figlio della stessa età di Susan.

Le loro famiglie sono amiche da molti anni e lui l'aveva vista diventare una giovane donna adorabile.

Aveva sempre mostrato un'amicizia aperta nei confronti della ragazza e, negli anni, l'aveva resa consapevole del suo affetto per lei.

Segretamente, il suo rapporto amichevole e il suo affetto per la ragazza nascondevano i suoi tanti desideri oscuri, senza alcuna possibilità di realizzarli.

La sua totale sottomissione a lui era l'unico sogno, nei suoi pensieri più oscuri e quello che desiderava si avverasse.

Susan è una ragazza, appena laureata, con una laurea in economia in mano e desiderosa di conoscere il mondo.

Sta per iniziare il suo primo vero lavoro, una posizione offerta da Robert, un amico di famiglia, per rispetto del padre e riconoscimento delle sue capacità.

Ma anche, a sua insaputa, alimentato dal suo desiderio di possederla.

È una ragazza carina, sensuale ma dolce che ha lo stesso fidanzato, Peter, sin dal suo primo anno di college.

Sono avventurieri, ma non disturbano mai il loro mondo.

Sa quello che vuole, o pensa di sapere, ma è davvero abbastanza obbediente nel lasciare che gli altri la guidino attraverso i sentieri della sua vita.

IL NUOVO LAVORO

Si ferma davanti all'edificio, i suoi occhi fissano la facciata in acciaio e vetro.

Guarda tutti gli uomini e le donne ben curati e frettolosi entrare e uscire dall'ingresso.

Guarda il suo tailleur con la gonna corta, accelera ed entra.

Si sente piccola e un po 'intimidita dagli uomini che torreggiano sopra il suo metro e ottanta mentre sale sull'ascensore ed entra negli affari del suo nuovo datore di lavoro.

Guardandosi intorno, lo vede al banco della reception parlare con una donna bionda bomba e ridacchiare civettuola, il suo sorriso gli illumina il viso mentre si gira verso di lei.

Arrossisce senza sapere perché e si avvicina a lui con i tacchi che battono sul pavimento di piastrelle.

Il suo braccio le circonda le spalle in modo protettivo mentre la presenta alla ragazza alla scrivania.

"Anne, questa è la mia piccola Susy!"

Arrossisce, poi si raddrizza e stende la mano.

"Ciao, in realtà mi chiamo Susan, piacere di conoscerti."

La dirige con una mano costante sulla sua spalla a vari reparti e altri dirigenti.

La presenta come Susan, di cui è grata, e che vuole mettere i suoi modi migliori in questo mondo di grande rivalità.

Rimane vicino a lui tutta la mattina cercando di memorizzare un'ampia varietà di nomi prima che lui finalmente la conduca nella sua suite dell'ufficio.

Le mostra la scrivania nell'anticamera che sarà sua per la maggior parte del tempo che lei sarà qui.

Mette via la borsa e fa scorrere delicatamente le dita sui mobili scelti con cura.

Viene condotta nel suo ufficio dove lui indica gli opulenti mobili scuri, tutti in pelle e mogano.

"Ed è qui che lavoro."

Lasciandole il fianco per la prima volta, si siede alla sua scrivania.

Si sente stranamente sola in questo grande ufficio davanti a lui.

Prendendo alcune chiavi, continua a parlare:

"A sinistra, dietro la sala giochi, si trova una porta di una piccola cucina. Questo spesso intrattiene i clienti. Il frigo bar dovrebbe essere sempre rifornito con ciò che è sulla lista, e c'è anche un menu Devi imparare a cucinare tutti i piatti, nel caso il cuoco non fosse disponibile. Lo inserirò nel tuo programma di formazione ".

Si era mosso velocemente dietro di lei spingendola verso la porta e aprendola.

Con gli occhi spalancati e in soggezione per le dimensioni dell'azienda e degli uffici che possedeva, tutto ciò che può fare è annuire scioccamente.

"Sarà così."

"Sissignore," dice con un sorriso, ma la severità della sua voce la scuote.

"Si signore ". Lei risponde automaticamente.

Prendendola per un braccio, esce dalla cucina e la conduce in un'altra camera da letto con la porta sulla stessa parete.

"E questo è il mio bagno privato, puoi usarlo, ma solo con il mio permesso, capisci Susy?"

Annuisce di nuovo senza parole all'opulenza di questo bagno, riprendendosi quando lo sente irrigidirsi, balbettando:

"Si signore".

Sorride alla sua obbedienza.

"Userai il bagno dei dipendenti in fondo al corridoio se hai bisogno e io non sono qui."

Questa volta è più veloce.

"Si signore".

Dall'altro lato della stanza, due camere da letto simili con le porte che ti mostra.

"Questa è una sala riunioni privata," guarda rapidamente mentre lui la spinge via, "... ed è qui che mi riposo se ho bisogno di passare la notte in città."

La stanza era buia e un grande letto a baldacchino e strane panche si profilavano nella grande stanza.

Aveva appena il tempo di sentirlo prima di chiudersi la porta.

La riporta alla sua scrivania, accende il computer e mostra il suo servizio di messaggistica personale dal suo ufficio al suo computer che dovrebbe essere sempre acceso e aperto.

Contento del "Sissignore" appropriato al momento giusto e della sua naturale inclinazione ad essere d'aiuto, la lascia sulla scrivania per familiarizzare con il suo nuovo ambiente.

Mette alla prova la sua attenzione inviandole piccoli messaggi istantanei e sorride alle sue risposte immediate mentre legge i compiti e le diverse volte di cui si è lamentata alla sua scrivania.

LA VERA OCCUPAZIONE

Era paziente e gentile mentre conosceva il suo nuovo lavoro nella sua azienda.

Le parlava spesso attraverso la schermata della messaggistica istantanea durante i periodi in cui non era in riunioni o fuori dall'azienda, chiedendole della sua famiglia, degli amici, di come andavano le cose con il suo ragazzo, facendola sentire come lei Vedi il tuo amore e il tuo genuino interesse per la sua vita.

Durante le prime impegnative settimane della sua formazione, si è preso il tempo per consultarsi con lei e, se necessario, adattare il programma, diventando il suo mentore, il suo amico e talvolta una figura paterna severa.

Ha scherzato con lei, ha giocato e chiacchierato amabilmente.

Le conversazioni divennero gradualmente più intime col passare del tempo.

Giocavano a obbligo o verità spesso al computer e nel gioco le loro domande diventavano più personali e dirette.

Poi si fermò leggendo la sua ultima risposta.

Si era aspettato che accadesse qualcosa del genere, ma non si aspettava mai che accadesse.

Qui stava recitando la verità e qui c'era la possibilità di osare di nuovo con lei.

Ha sempre scelto la verità ... e ha appena confessato di essere stata sculacciata dal suo ragazzo, e che le è piaciuto.

Con questo, avrebbe iniziato a realizzare il suo sogno.

Sapeva che probabilmente non avrebbe mai più giocato a questo con lui, e quasi si tirò indietro, pensando che voleva smettere, o peggio, dirlo a qualcuno in compagnia e poi alla sua famiglia.

Tuttavia, ha dovuto voltare pagina.

Il suo desiderio di lunga data lo spinse e iniziò a scrivere.

Non aveva scelto di osare, ma lui ha continuato a scrivere ...

* * *

"Ti sfido a lasciarti sculacciare, Susy."

Fissava, non poteva credere a quello che stava leggendo.

Si era avvicinata a lui, lo adorava e il modo in cui si prendeva cura di lei e la faceva sentire così speciale, quasi come suo padre.

Forse stava ancora scherzando con lei, non credendo a quello che gli aveva detto sul loro appuntamento la sera prima.

La sua mente corse al pensiero di come si era sentita a essere stata sculacciata dal suo ragazzo e si dimenò sulla sedia quando si rese conto che aveva bisogno di rispondere.

Fissò lo schermo, la casella dei messaggi vuota, per ora, in attesa della sua risposta.

* * *

Ha iniziato a dare di matto, ma poi ha visto che stava scrivendo.

Il suo cuore batteva forte e fu preso dal panico, prima di vedere finalmente cosa stava scrivendo.

"Si signore."

Ha digitato velocemente, spingendo lei e la sua fortuna ad agire:

"Allora entra nel mio ufficio e chiudi la porta. Quando entrerai nel mio ufficio obbedirai a tutti i miei ordini, ti stenderai sulle mie ginocchia senza parlare e ti sottometterai alle mie sculacciate."

* * *

Sbatté le palpebre alla sua risposta.

Questo gioco stava diventando serio, ma era solo un gioco, giusto?

La stava mettendo alla prova?

Dovrei tornare indietro?

Erano entrambi nervosi e tesi per i loro motivi, incollati allo schermo del computer.

Non voleva essere la prima a tirarsi indietro e farsi prendere in giro da lui.

Lei scrisse:

"Si signore".

***

"Allora vieni nel mio ufficio, Susy, e chiudi la porta."

Non ci fu risposta, ma si precipitò nel suo ufficio e chiuse la porta come un coniglio spaventato, incredula di ciò che aveva appena accettato, pensando che lui stesse ancora giocando con lei.

Era seduto apparentemente immobile mentre il suo corpo soffriva per lei, vedendo la sua paura, confusione e il calore nei suoi occhi che la faceva andare avanti.

"Il mio grembo sta aspettando"

Fece un passo avanti e lui alzò la mano, fermandosi a metà passo.

"Hai accettato di obbedirmi entrando in questa stanza, vero?"

Visibilmente tremante, sussurrò:

"Si signore".

Indicò il terreno, si stava incoraggiando, e ringhiò,

"Striscia verso di me."

Guardò mentre osservava le emozioni giocare sul suo viso, riluttanza, paura, paura, eccitazione e infine sottomissione.

Lasciò uscire il respiro che stava trattenendo mentre guardava l'inizio del suo sogno che si avvera, il suo piccolo corpo cadere sulle ginocchia e poi nelle sue mani mentre iniziava a strisciare verso di lui.

Sentì il suo cazzo contrarsi alla vista di lei.

Finalmente era sua, anche se solo per quel pomeriggio.

***

Non poteva credere che lo stesse facendo, quest'uomo che aveva conosciuto da tutta la vita stava per sculacciarla davvero.

Il gioco era andato troppo oltre, ma perché non lo aveva fermato?

Si rende conto che lo voleva!

Oh Dio, lo voleva?

C'era qualcosa di sbagliato in lei?

Perché ti sei sentito così?

I suoi occhi si fissarono sul suo corpo forte nella sua grande sedia mentre raggiungeva i suoi piedi e scivolando come un serpente si mosse sulle sue ginocchia.

Sapeva che era sbagliato, ma non poteva farci niente.

Senza parole, senza discutere, senza accarezzarla perché era una brava ragazza, la sua mano le sbatté forte nel culo e lei strillò.

* * *

Guardò il bellissimo angelo che strisciava verso di lui, la sua mente che andava nei luoghi più bui e doveva indietreggiare, così giovane e impressionabile che non si rendeva conto del suo valore.

Ha usato tutta la sua forza di volontà per rimanere impassibile mentre lei scivola sulle sue ginocchia, sicuro di poter sentire questa durezza nello stomaco mentre le solleva la gonna, rivelando un perizoma rosa, alza la mano e la colpisce con tutte le sue forze. .

Anche solo per questo una volta gli è piaciuto.

Guarda i suoi muscoli tesi che si increspano sotto l'attacco e le impronte delle sue mani brillano di rosso sulla sua pelle bianca.

Lei strilla e sussulta:

"Ohhhhh, Oh, faaaa maleeee ".

Lei strilla e torce le gambe scalciando mentre lui la frusta di nuovo profondamente.

* * *

Perde le tracce della sculacciata mentre il dolore riempie il suo corpicino e la riscalda.

Nota il calore che inizia nella sua piccola figa e l'umidità sulle sue cosce mentre lui la frusta.

Persa nel suo calore e nel bisogno di urlare, piccole lacrime le rigano le guance.

***

La sua mano diventa insensibile mentre la frusta con forza assaporando la tensione dei suoi muscoli duri, le sue urla e le sue suppliche di smetterla di sculacciarlo mentre dipinge il suo culetto di rosso brillante.

Si ferma quando la vede bagnata tra le sue gambe, incredibilmente, il suo corpicino che sussulta sulle sue ginocchia.

***

La sua mente è bloccata nel potere di quest'uomo mentre sussulta e urla.

Mentre lui continua a frustarla forte e veloce, il suo corpo prende il sopravvento mentre la sua mente vacilla, sente il calore e il bisogno represso di un fidanzato eccessivamente inetto e persa nella sensazione del suo arrivo, che diventa duro e il suo orgasmo cede. spruzzandole sulle cosce con questa semplice sculacciata.

Sente che si ferma e muore dentro.

La sua vergogna la riempie mentre trema in grembo, ansimando e singhiozzando.

Il calore del suo rossore le riempì il viso, così imbarazzato, come avrebbe potuto farlo?

***

Sorride vedendo il suo viso arrossire per l'imbarazzo, tenendola ferma, sapendo che questo è il suo momento.

"Durante la prossima settimana, diventerai il mio schiavo. Questa sarà la tua occupazione reale. Mi obbedirai in tutto ciò che ti comando. Rimarrai in vista in ogni momento e chiederai il mio permesso di partire, se necessario, anche solo per vai in bagno, ti possederò e tu mi obbedirai, alla fine della settimana ne riparleremo.

****

Sdraiata sulle sue ginocchia sentendo l'orgasmo prodotto dalla sua sculacciata, ascolta le sue parole.

È un'affermazione, non una domanda.

Si rende conto che non gli ha dato opzioni.

Inclina la testa per la vergogna, tremando per quello che ha appena fatto.

E lei geme:

"Si signore"

.

ACCETTAZIONE DELLA SITUAZIONE

"Il tuo schiavo per una settimana."

Non poteva essere una brutta settimana dato che l'aveva sempre trattata come una principessa.

Anche dopo il suo periodo difficile pochi minuti prima e la sua richiesta di obbedienza totale per una settimana, l'aveva presa in braccio, le aveva asciugato le lacrime e l'aveva mandata nel suo bagno privato per pulire.

Stava davanti allo specchio rivivendo la sua vergogna, era una cattiva ragazza e ora Robert lo sapeva.

Dannazione!

Si morse il labbro, chiedendosi se avrebbe mantenuto tutto questo segreto mentre lei faceva il suo gioco.

Perché era un gioco, giusto?

È uscita dal bagno, il suo viso non era più riflesso da ciò che era appena accaduto e il suo sedere arrossato ne era l'unica prova esterna.

Lei camminò verso di lui sentendo il suo viso arrossire di nuovo e lui le porse il suo perizoma imbevuto di sperma.

"Ok, così bene. Tuttavia, entrambi abbiamo persone che amiamo, e questo è stato, ummm, divertente, ma non voglio che nessuno dei due sappia ..."

Vedendola arrossire profondamente e sentendo l'auto-recriminazione nella sua voce, la interruppe insistendo sul suo vantaggio:

"Che mi hai lasciato sculacciare fino a raggiungere l'orgasmo? Che hai accettato di essere schiavo per me per non meno di una settimana? Mia dolce Susy, sei una puttana molto cattiva!"

La guardò impallidire all'ultima parola finché non abbassò la testa per guardarsi i piedi.

Di fronte a lei, sollevò il mento, tenendo davanti a sé il perizoma rosa, e lui sorrise.

"Capisci che nemmeno io voglio ferire le nostre famiglie. Ma d'ora in poi mi chiamerai Maestro quando saremo soli. Io, il mio dolce bambino, sono un Maestro e come tale ho bisogno di uno schiavo. Una settimana qui al lavoro e alla fine del settimana ne riparleremo e vedremo come proseguiremo da lì ".

Detto questo, si infilò il perizoma in tasca e tornò alla scrivania.

Sollevandole una busta, incontrò i suoi occhi curiosi.

"Questa è una lista delle regole che dovresti seguire durante la settimana. Adesso puoi andare a casa e studiarla lì. Vieni domani presto, abbiamo molto da fare. Ci vediamo alle sette del mattino."

Si alzò e baciandola dolcemente sulla guancia, lasciò l'ufficio, concludendo la giornata.

Mentre si avvicinava per baciarlo, lo sentì sussurrare: "Sì, Maestro", cosa che lo fece sorridere ampiamente.

LE REGOLE

Quella notte rimase a letto a leggere le istruzioni per la settimana e scuotendo la testa.

Era molto scomodo, ma per qualche motivo non poteva dire di no.

Ma avrei dovuto dire di no.

Aveva ragione, era una puttana.

Aveva voluto sentirlo sculacciarla.

Il suo ragazzo era dolce ma non avrebbe mai potuto sculacciarla davvero come aveva fatto Robert.

Aveva sentito il suo cazzo duro premere contro la sua pancia, considerando mentalmente le sue dimensioni e la sua forma.

Il suo ragazzo impallidiva rispetto alla sua immaginazione.

Si addormentò rivivendo la sculacciata e pensando alla settimana a venire, la sua mano stretta tra le sue gambe ottenendo il suo secondo orgasmo della giornata.

****

Mi sono svegliato presto per fare la doccia.

Ha rasato tutto come indicato nelle regole e vestito con cura.

I suoi capelli erano raccolti in una coda di cavallo ben fatta.

E si è vestita con una canotta sotto la camicetta invece che con un reggiseno, grata per i suoi piccoli seni vivaci e ha infilato le mutandine sotto il tailleur con gonna corta.

Truccata come le era stato ordinato, afferrò la borsetta e corse fuori dalla porta giusto in tempo per prendere l'autobus mattiniero per andare al lavoro.

L'assenza del solito traffico mattutino essendo così presto fece sembrare l'edificio stranamente deserto quando arrivò, pensò mentre prendeva l'ascensore.

Quando entrò nell'ufficio silenzioso fu sorpresa di vedere le luci accese e che lui fosse già lì.

Si è trasferito alla sua scrivania e ha rapidamente mandato un messaggio "Buongiorno, Maestro" per informarlo del suo arrivo.

* * *

Guardò l'orologio e sorrise.

Appena in tempo.

Aveva passato la notte a pianificare la settimana successiva.

La ricompensa degli anni accumulati in cui aveva bisogno di possedere questa bella ragazza che lo ossessionava così tanto.

Aveva bisogno che lei accettasse il suo nuovo ruolo, schiavizzasse il suo corpo e la sua anima, e lei aveva solo una settimana per farlo.

Aveva pianificato tutta la notte prima di decidere la sua prossima mossa.

Sorridendo, ha scritto:

"Brava ragazza, sei qui in orario. Vieni nel mio ufficio, chiudi la porta e spogliati. Poi vai al centro della stanza e aspetta lì."

* * *

"Sì maestro."

Con il cuore in gola, entrò nel suo ufficio e chiuse la porta dietro di sé.

Sentendo i suoi occhi che la osservavano attentamente, si voltò e fece un passo avanti.

Lentamente, si tolse ogni capo di abbigliamento che indossava e lo posò sul pavimento accanto a lei.

Finalmente nuda, si adagiò sul soffice tappeto, al centro della stanza, per essere alla sua mercé, sua schiava.

Lo guardò mentre si alzava e si allontanava dalla scrivania.

Le girò intorno mentre la guardava, dalla testa ai piedi, ogni centimetro della sua pelle, senza toccarla, ma così vicino che lei poteva sentire il calore del suo corpo sulla pelle d'oca.

All'improvviso tornò alla sua scrivania, le disse di vestirsi e mettersi al lavoro, impedendole di prestare attenzione per continuare il suo lavoro.

* * *

Poteva vedere la sua confusione e delusione quando si vestì e tornò alla sua scrivania.

Sapeva che era pronta a fare qualunque cosa avesse deciso, a obbedire alla sua volontà e anche di più, alla sua umiliazione e vergogna che la facevano fare il suo gioco, ma non voleva spingere troppo.

Aveva bisogno che lei volesse di più, che avesse bisogno di più.

Si voltò a guardare il suo regime di allenamento sulla scrivania.

Le sue lezioni di cucina stavano andando bene.

Le persone in azienda sembravano apprezzarlo.

Si toccò il mento mentre pensava che forse l'ordinazione di una cena con alcuni amici del club poteva essere in onda presto.

Si sedette alla sua scrivania con la mente che ricordava la sculacciata che le aveva dato, il suo cazzo che si gonfiava, la sua mano che sfiorava lei sentendo l'eccitazione, vedendola nuda e così volontariamente obbediente che quasi gli fece dimenticare i suoi piani, la sua lussuria e il suo bisogno. per dominare la ragazza.

Ha inviato un messaggio istantaneo:

"Ti stai masturbando, Susy?"

Attese che il messaggio istantaneo lampeggiasse sulla sua scrivania.

Poteva immaginarla agitarsi, stringersi la fica alla domanda, ma aveva già confessato molto di più durante i loro giochi.

"Sì, maestro, spesso."

Ha scritto il seguente messaggio scegliendo attentamente le sue seguenti parole, volendo non solo giocare con lei ma anche fargli pensare:

"Potrebbe essere che questo giovane, che non vedi molto, non ti soddisfa abbastanza, piccola stronza? Forse questa settimana ti aiuterà a rimanere soddisfatta."

Con questo ha chiuso la conversazione.

* * *

Alla sua scrivania, fu sbalordita dalla risposta e dalla brusca chiusura della conversazione, ma rimase a riflettere sulle sue parole.

Più tardi, impegnata al lavoro, non si rese conto che lui si era messo dietro di lei finché la sua mano non si raggomitolò sulla sua spalla e si posò sul suo seno destro.

Si chinò per sussurrarle all'orecchio:

"Sto solo guardando la mia piccola cagna lavorare sodo."

Accarezzando il capezzolo indurito e ascoltando il suo respiro accelerare, lui sorrise.

Quindi le tolse la mano e lasciò il suo ufficio prima di voltarsi verso di lei:

"Sai Susy, questa sarà una settimana molto soddisfacente."

* * *

La teneva nervosa tutto il giorno con piccole carezze e piccoli scherzi che le facevano sempre desiderare di più per i suoi movimenti inconsci e lei arrossiva sempre di più.

Soddisfatto di aver suscitato il suo bisogno per tutto il giorno, voleva di più.

Il corriere guizzò sulla scrivania.

"Prima che te ne vada oggi, piccola stronza, ti presenterai alla mia scrivania e chiederai il permesso di lasciare il mio servizio per la giornata."

* * *

"Sì maestro." Ha digitato e si è affrettato a finire quello che stava facendo e riordinare la scrivania.

Era un po 'eccitata.

L'aveva presa in giro tutto il giorno, le sue mutandine erano umide e appiccicose e non poteva credere di sentirsi così calda.

Lei arrossì sapendo che era la puttanella che lui la chiamava, ma sembrava che non potesse trattenersi.

Si alzò ed entrò nel suo ufficio chiudendo la porta e aspettando che lui la avvicinasse.

Fu così per qualche minuto, anche se sembrò molto più a lungo.

Questo la rese ancora più nervosa finché non la guardò e indicò un punto sul pavimento vicino alla sua scrivania.

"Tieni, Susy."

Quasi volò al posto desiderando di essere di nuovo vicino a lui.

Vedendo il sorriso illuminarle il viso per la sua fame, il suo rossore le riempì di nuovo il viso.

"Prima di partire c'è ancora una cosa che devo valutare". La vide tremare leggermente mentre assorbe le sue parole. "Sii una brava puttana e piegati sulla scrivania di fronte a me, Susy"

Vedendo la sua espressione di incomprensione, non aspettò che si muovesse, ma invece si alzò, la prese per un braccio e la spinse ad appoggiarsi alla scrivania, i suoi piedi che toccavano appena il pavimento.

Facendo scorrere le mani sulle sue cosce allargandole ampiamente, fece schioccare forte la lingua.

"Mia piccola cagna Susy, cosa hai fatto oggi per bagnarti così tanto?"

Sentendola urlare e vedendo il profondo rossore, sorrise alla sua reazione.

Avrebbe potuto facilmente incolpare il suo gioco costante per la sua eccitazione, ma lei rimase in silenzio, vergognandosi che lui la chiamasse puttana.

Fece scorrere le dita sulle mutandine di cotone bagnate e continuò.

"Cosa dovremmo fare con una cagna così bagnata?"

Mettendo le dita nelle sue mutandine, le accarezzò la fessura bagnata, guardandola contorcersi e sussultare dopo tutti i giochi che le faceva passare durante il giorno.

Afferrandole la clitoride tra il pollice e l'indice stringendole lentamente, ringhiò:

"Rispondimi, piccola stronza!"

Sentendola gemere forte e vedendola tremare, sorrise di nuovo.

Premuta contro la sua scrivania, le sue cosce divaricate.

Sentì la sua umiliazione alle sue parole riempirle il viso di colore, facendola bagnare ancora di più.

Le sue mani e le sue dita giocose la tenevano nervosa tutto il giorno, il suo piccolo corpo esigente e bisognoso del suo tocco.

Ora la sensazione delle sue dita mentre le accarezzavano la figa le fece muovere inconsciamente i fianchi.

I suoi occhi si spalancarono quando le sue dita afferrarono e strinsero il suo clitoride e lei gemette rumorosamente:

"Sì, Maestro, voglio dire, nessun Maestro, oh, Dio!"

"Sai cosa fare!" Strillò quando lui le schiaffeggiò forte il culo.

Ha continuato a spremere provocando dolore nel suo piccolo corpo mentre lei urlava di nuovo.

I suoi occhi si riempirono di lacrime quando la colpì di nuovo chiedendo una risposta:

"Una sculacciata, maestro!"

Sentì il suo clitoride contrarsi mentre lui le schiaffeggiava di nuovo il culetto.

Inarcandosi per il dolore, le lacrime le rigavano il viso, ebbe un orgasmo, urlando il suo dolore e il suo bisogno.

Ritirò la mano e guardò la puttana, così felice che lo stesse quasi implorando.

La sollevò, baciandole il viso in lacrime, mentre lei sussultava in modo incontrollabile tra le sue braccia, massaggiandole la schiena e rassicurandola.

L'ha accompagnata in bagno.

"Sistemati il trucco, piccola puttana, non vogliamo che la gente pensi che siamo qui a suonare qualcosa."

La vide guardare il suo ampio sorriso provocante mentre arrossiva profondamente e abbassava la testa.

***

Mentre si chinava per lavarsi e sistemarsi il viso, ricordò come si sentiva quando lui la stava toccando.

L'apparente durezza sotto i pantaloni.

La sua mente vaga con le immagini di come deve essere il suo cazzo.

Rabbrividì.

***

"Dato che sei una ragazza così antipatica, ma hai una faccia da angelo, indosserai mutandine bagnate, Susy, lascia che la gente si chieda se l'angelo è innocente come sembra!" Si divertì nell'espressione sioccata sul suo viso. "Domani, dopo la doccia, voglio che tu scelga le tue mutandine preferite e le metta sopra quella fighetta." La sua mente gli restituì il ricordo della sua figa stretta e rasata di fresco dalla sua ispezione quella mattina. "Quindi voglio che ti masturbi, sull'orlo dell'orgasmo e poi smetti, finisci di vestirti e vai al lavoro. Appena arrivi, vieni nel mio ufficio."

I suoi occhi si spalancarono, il suo cuore iniziò a battere freneticamente.

Quello che stava chiedendo era un po 'oltraggioso, ma la sua fica si irrigidì e lei sentì che gocciolava ancora di più.

Con voce tremante, ha risposto "Sì, Maestro".

La guardò con occhi penetranti facendola arrossire di più.

La sua mano la circondò per toccarle la figa bagnata e ricoperta di cotone.

Poi sussurrandogli all'orecchio con un ringhio minaccioso:

"E non fare sesso con il tuo ragazzo disattento questa settimana, Susy. Sei mia questa settimana. Capito?"

Il suo viso si illuminò brillantemente mentre sussurrava: "Sì, Maestro".

***

Quella notte, ha dormito e spento.

I suoi sogni erano pieni di lui, il suo corpo era così eccitato che sembrava costantemente bagnato e bisognoso.

Ha considerato di chiamare il suo ragazzo.

Come potrebbe sapere il Maestro se lo avesse fatto?

Sapeva in fondo che così facendo l'avrebbe fatta sentire frustrata e in colpa, così ha seppellito la testa nel cuscino e ha cercato di tornare a dormire.

***

La mattina dopo, dopo lunghi preparativi, partì per il lavoro, gambe irrequiete durante il viaggio.

Si guardava intorno per vedere se le persone potevano sentire la sua eccitazione, i suoi capezzoli costantemente induriti dal bisogno di sborrare e facendolo infastidire dal suo bottoncino.

***

È andata direttamente nel suo ufficio all'arrivo.

Era al telefono con qualcuno e quando i suoi occhi si voltarono verso di lei, apparve un sorriso.

Prese una penna e scrisse "spogliarsi" sul taccuino accanto a lui.

Le voltò la pagina e le indicò il punto davanti alla sedia tra le gambe aperte.

Le sue gambe tremavano mentre obbediente camminava intorno alla grande scrivania e iniziava a spogliarsi.

Coprì il boccaglio con la mano e sussurrò:

"Lentamente, non è un esame medico"

Le fece l'occhiolino e lei arrossì e annuì comprendendo che si spogliasse in modo più sensuale.

Lo fece e finalmente nudo, lo sentì dire:

"Scusa Harry, ora devo lasciarti. Ti chiamo più tardi, qualcuno richiede la mia attenzione."

Le sorrise e riattaccò.

La esaminò in modo critico, facendo scorrere un dito lungo l'interno della sua coscia per sentire la sua umidità, poi si appoggiò all'indietro e passò la lingua sulla punta del suo dito bagnato.

"Voltati e piegati sulla scrivania, piccola puttana, e con le gambe divaricate."

Si voltò e si piegò in due, presentandogli il suo culetto stretto.

Mentre lei osservava la piccola punta del tessuto che le spuntava dalle labbra della fica, lui la pizzicò e, allettante, iniziò lentamente a tirare.

Con gli occhi spalancati e quasi acquosi per il turbine di emozioni e sentimenti, le mosse le mutandine guardando la sua figa gocciolare ancora di più quando lei le sollevava.

Quando la striscia di stoffa entrò nella sua fessura, lui tirò forte, guardandola il viso nel riflesso della finestra mentre si mordeva il labbro e gemeva.

Schiaffeggiandole il culo nudo e dicendole di alzarsi, la guardò in modo critico mentre si raddrizzava e si voltava verso di lui.

Dopo la sua ispezione, l'ha colpita ancora una volta sul sedere e le ha ordinato di aggiustarle i vestiti, mettersi le mutandine inzuppate e tornare al lavoro.

Il rossore e l'espressione perplessa sul suo viso gli piacquero molto.

Poi gli voltò le spalle e prese il telefono per riprendere la loro precedente conversazione, i suoi occhi concentrati sul suo riflesso nei tramezzi del suo ufficio.

"O si." Pensò tra sé: "Questa sarà una settimana molto soddisfacente. E se il mio piano avrà successo, sarà molto, molto più di una settimana ..."

INCONTRO CON UN DIRIGENTE

Tornò alla sua scrivania, il viso arrossato dal disagio e dall'imbarazzo.

Non gli era nemmeno venuto in mente di dire di no e fermare il gioco.

Rimase seduto per lunghi minuti chiedendosi cosa sarebbe potuto accadere se lo avesse fatto.

"Dio," pensò. "La licenzieresti e spiegheresti alla sua famiglia perché o diresti loro che doveva farlo perché era così cattiva?

"Forse," ragionò. "Poteva andare da suo padre e dirgli cosa le faceva fare quest'uomo, ma si è depressa quando si è resa conto che lui non aveva davvero fatto nulla che lei non avesse accettato o richiesto e non poteva dirlo a suo padre."

Sorrise pensando al suo amorevole padre.

Era il suo dolce angelo, e non poteva sopportare di deluderlo con la verità, che era una piccola stronza come la chiamava Master Robert.

Persa nelle sue fantasticherie, non vide il messaggio istantaneo lampeggiare finché non fu troppo tardi.

Un secondo e un terzo messaggio apparvero "QUI ORA!"

Lo sentì quasi urlare mentre balzava in piedi e tremava di anticipazione.

Non ha risposto, ma è corsa nel suo ufficio e si è fermata proprio davanti alla porta.

Quando entrò, e senza parlare, le fece cenno di chiudere la porta e le indicò un posto davanti alla sua scrivania.

Camminando lentamente verso il posto, lei rimase in attesa mentre lui finiva di scrivere appunti sul suo computer.

La guardò deluso e scosse la testa.

Il suo silenzio la rese più nervosa, si alzò e la seguì tirandosi la gonna, esponendo le sue mutandine ancora bagnate e colpendole forte il culo.

Godendosi il suo stridio, la fece voltare e stringendole forte il mento la fece guardare nei suoi occhi.

Chinandosi verso il suo viso, ringhiò: "Io, Susan, sono il tuo padrone! Tu, la mia ragazza, sei la mia schiava e la tua disattenzione mi porta a credere che tu debba ricordarlo".

Vide i suoi occhi allontanarsi dai suoi.

"Guardami!" Le ringhiò in faccia, assaporando il suo sospiro mentre i suoi occhi si fissavano su di lui.

Lei lo guardò e iniziò a balbettare scuse, ma lui le premette la mano più forte sul mento, cosa che la fece tacere mentre le lacrime gli sgorgavano dagli occhi.

Sembrava così meravigliosamente vulnerabile che il suo cazzo sussultò.

"Dovrai essere punito, naturalmente, ma penso che ti divertiresti a ricevere un'altra sculacciata, giusto, piccola cagna?"

La guardò con soddisfazione, la sua vergogna gli inondò il viso mentre i suoi occhi scuri la fissavano.

"Sto aspettando uno dei manager e non ho tempo per affrontare la tua disobbedienza in questo momento", mandandola nell'angolo del suo ufficio dietro la scrivania, continuò: "Stai nell'angolo come una ragazza cattiva che sei, mentre io Incontro con Alan. "

La sentì irrigidirsi e vide le sue mani che cominciavano a scivolare lungo la gonna, ma le schiaffeggiò forte il culo, lasciando un'impressione calda e rossa.

"Lascia la gonna così com'è. Incrocia le braccia davanti a te se non puoi nemmeno seguire quella semplice istruzione."

La sentì gemere e soffocare un singhiozzo, e con un sorriso che gli illuminava il viso, tornò alla sua scrivania.

Impallidì fisicamente quando lo sentì alzare la voce e gridare:

"Entra Alan. Scusa, il mio assistente non era lì per darti un input."

Sentì una voce profonda ridere quando Alan entrò.

"Nessun problema, Robert. Vedo che hai ridipinto qui. Molto bello, devo dire, e quel tocco di rosso che hai aggiunto, fantastico!"

La sua mente correva:

"Stava parlando di lei? Sicuramente no"

Ma non riuscì a impedire che un rossore luminoso apparisse sulle sue guance mentre guardava fuori dalla finestra successiva.

Ha cercato di restare ferma e di non agitarsi nella speranza di svanire in secondo piano mentre parlavano di un cliente o di qualcos'altro.

Alla fine, l'incontro terminò e Alan se ne andò felicemente:

"Penso che potrei decorare il mio ufficio in un modo simile, Robert, ma forse con qualche tema nordico."

Fece l'occhiolino a Robert e aggiunse:

"Impazzisco quando vedo una bionda formosa. Forse è ora di fare di Anne la mia assistente personale."

Rise forte quando se ne andò e lei si fece piccola dentro.

NUOVO GIOCATTOLO

La lasciò lì per un'altra mezz'ora mentre riempiva i rapporti sul computer prima di chiamarla finalmente per venire da lui.

"Spero di non doverti punire di nuovo, piccolo schiavo, e per aiutarti a prestare attenzione ho un regalo per te."

Aprendo un cassetto della scrivania, tirò fuori un piccolo cilindro rosa caldo e lo guardò mentre lei lo guardava con curiosità.

È davvero così innocente, pensò tra sé e sorrise mentre le faceva cenno di andare in bagno privato e di inserire il nuovo giocattolo nella sua figa come se fosse un assorbente interno.

Adorava il modo in cui le emozioni giocavano sul suo viso, arrossendo in modo affascinante mentre la sua mente combatteva la sua sottomissione a lui.

"ORA, schiavo!"

Gli prese il piccolo oggetto dalla mano e andò lentamente in bagno, voltandosi per chiudere la porta.

Ma lei lo vide sbirciare lì a guardarla.

"Prima devo urinare, per favore, Maestro." Ha balbettato.

"Vai avanti piccolo schiavo, non ti fermerò." Indietreggiò un po ', ma non si mosse dalla porta per tenerla aperta.

Si irrigidì, voltandosi quando la sentì sospirare forte.

Non sembrava accorgersene mentre si abbassava le mutandine per urinare e inseriva il giocattolo.

Si alzò, mettendo a posto le mutandine bagnate.

E quando le sue mani furono pronte ad abbassare la gonna, lo sentì fare clic sulla lingua.

Alzò lo sguardo per vederlo scuotere la testa.

Lasciandosi la gonna stretta intorno alla vita, finì di lavarsi le mani e lo seguì alla sua scrivania.

Vide che lui la guardava accigliato e si chiese cosa avrebbe potuto fare per turbarlo adesso.

"Susan, questo è un giorno di lezione per te, credo."

Si fermò per un momento, lasciandola considerare le sue parole.

"Gli schiavi non sospirano per i loro padroni! Capito? È un semplice, sì, Maestro, perché poiché sei mio schiavo, mi obbedirai!" i suoi occhi si fissarono su quelli di lei mentre spiegava la sua più recente trasgressione.

Guardò l'orrore e la vergogna passare sul suo viso, i suoi denti che le mordevano di nuovo adorabilmente il labbro inferiore.

A volte è come punire un bambino, pensò.

Con gli occhi spalancati, annuì, riprendendosi abbastanza da sussurrare: "Sì, Maestro" quando lo vide irrigidirsi ancora di più dalla rabbia.

Adesso era spaventata, perché la sua evidente rabbia confermava che quello non era più un gioco.

La conferma la colpì come uno schiaffo in faccia che quasi la scosse alle calcagna per la forza della nuova consapevolezza della sua situazione.

Sapeva di essere andata troppo oltre, di aver fatto troppo, di aver lasciato che lui le facesse troppo, così ora poteva fare marcia indietro o chiedergli di smetterla.

Una parola del genere gli sarebbe morta in gola.

Dopo minuti di silenzio, iniziò a singhiozzare e si voltò per andarsene.

La vide andare in pezzi, la realizzazione delle sue intenzioni cadere su di lei.

Questo era il suo momento per iniziare a farla davvero sua.

Doveva muoversi velocemente prima di farsi prendere dal panico e scappare da lui completamente.

Si allungò alla velocità della luce e le afferrò il braccio prima che lei potesse correre.

Ha tenuto un telecomando davanti agli occhi e ha premuto il pulsante per iniziare un ronzio basso nella sua figa.

Lei sussultò ed emise un gemito guardandolo.

Con voce profonda disse:

"Sì, piccola puttana, controllo quel nuovo giocattolo nella tua figa proprio come controllo te. Io sono il tuo Padrone."

La guardò negli occhi impauriti mentre le accarezzava il culo.

Il giocattolo ronzava a una velocità maggiore.

Il suo respiro iniziò ad aumentare con il suo senso di eccitazione.

Si chinò per sussurrarle all'orecchio:

"Ti piace essere la mia puttana, vero Susy?"

Si avvicinò ancora di più attirandola a sé mentre continuava:

"Senza dover nascondere quanto sei cattivo e le sensazioni in quella fighetta stretta che il giocattolo ti lascia quando sei con me, sai che dovevi servirmi."

Con ciò lo schiaffeggiò forte sul sedere, scaldandolo con la sua impronta.

Vedendola mordersi il labbro, poteva vedere le emozioni giocare sul suo viso espressivo mentre si riempiva di colore.

"Puoi essere te stesso con me, Susy. Adoro tutto ciò che sei e tutto ciò che puoi e sarai per me."

Poteva sentire il calore uscire da lei, la vergogna e la paura mescolate alla crescente fame sessuale che appariva nei suoi occhi verdi a causa dell'eccitazione del giocattolo nella sua figa.

Fu una scelta lenta e deliberata delle parole, che le permise di invadere la sua mente mentre lottava con la consapevolezza che questo non sarebbe mai più stato un gioco per lui.

Ha parlato per riempire instancabilmente la sua testa con i suoi desideri.

"Ti conosco per gran parte della tua vita. Sempre così dolce, così innocente e così obbediente che sapevo che eri nata per essere una schiava, mia piccola cagna. Hai bisogno di un Padrone che ti dia il piacere e il dolore che brami."

Mantenne la voce in un sussurro basso e sommesso nell'orecchio, ma con un tono severo e imponente alle sue parole.

"Puoi fidarti di me Susy, mi prenderò cura di te e ti terrò al sicuro mentre nutro le tue voglie e desideri."

Ha punteggiato questo con un altro schiaffo sul suo culo già rosso.

"Tutto quello che chiedo alla piccola schiava è che tu mi serva e mi obbedisca bene. Io sono il tuo Padrone, Susy. E tu, piccola cagna, sei la schiava che desidero."

Stava ansimando ora, il suo corpo tremava visibilmente per l'eccitazione mentre lui riattivava il giocattolo un po 'più forte e le schiaffeggiava di nuovo il culo.

"Ti possederò e mi prenderò cura di te come il mio bene più prezioso. Come tuo Maestro, ti addestrerò a piacermi e punirti quando non lo fai."

La sua mano sbatté di nuovo contro la sua schiena.

Allargò le gambe un po 'più larghe che a malapena la tenevano in piedi mentre lui le dava ciò di cui aveva bisogno.

Proprio come lui voleva dominarla, lei aveva bisogno delle sue richieste di controllo su di lei.

Poteva vedere e sentire quanto diventava caldo ogni volta che lei obbediva ai suoi comandi sempre più sprezzanti, anche ora che la stava guardando negli occhi pieni di lacrime.

"Devi fidarti e obbedire al tuo Padrone, Susy." Schiaffeggiandole di nuovo il culo, ringhiò piano "Vieni per me, piccola cagna. Obbediscimi e vieni per il tuo Padrone, schiavo."

Mise la sua gamba tra le sue mentre lei le torceva i fianchi, permettendole di strofinare la sua fica bagnata e palpitante su di lui, guardando la sua testa inclinarsi all'indietro per gemere.

Avvolse le braccia attorno al suo piccolo corpo e la strinse più vicino a sé mentre iniziava a tremare e rabbrividire, la sollevò, la portò su una sedia imbottita e si sedette con lei sulle ginocchia lasciando che il ronzio dentro di lei svanisse lentamente.

In quel momento, non voleva altro che accontentarlo, obbedirgli, prendersi cura di lei e apprezzarla.

Rimase a lungo sulle sue ginocchia sentendosi che lui la accarezzava, le accarezzava i capelli e la schiena mentre si calmava.

Incapace di dire come si sentiva, pensò a tutto ciò che aveva detto e fatto.

Nelle cose che aveva fatto e che gli aveva permesso di farle negli ultimi tre giorni, nelle sue parole di fiducia e cura, nel piacere e nel dolore che lui le dava.

Inconsciamente si contorse, mordendosi di nuovo il labbro.

Il suo rossore le riempì il viso, la sua vergogna e l'umiliazione si impossessarono di tutte le altre emozioni.

Era ancora un po 'spaventata dalla sua rabbia e da ciò che questo presunto gioco significasse davvero per lei, ma sentiva anche il suo amore per lei.

Era quasi come una figura paterna, severa e severa ma premurosa mentre si cullava tra le sue braccia in questo modo.

Era sbagliato da parte sua pensare a lui in quel modo considerando quello che aveva fatto e lasciarglielo continuare a farle?

Non solo accettava le loro buffonate, ma le incoraggiava.

L'aveva portata a urlare per avere orgasmi, ma non aveva cercato i suoi.

La sua mente era contorta per quello che stava provando.

Sentiva di voler farlo per lui, il forte bisogno che aveva sentito di scappare da lui spinto in fondo alla sua mente, sostituito in questo momento dal desiderio di accontentarlo mentre rifletteva sulle sue parole, cura, fiducia e amore.

Immaginava come sarebbe stato essere scopata da lui e riempita con il suo sperma e si dimenava tra le sue braccia premendo contro il suo corpo forte e sodo.

Si sedette con lei rannicchiata sulle sue ginocchia, guardandola in viso sapendo che stava considerando tutto ciò che le aveva detto mentre nutriva i suoi crescenti bisogni masochistici.

Sorrise mentre la guardava masticarsi il labbro e arrossire.

Aveva bisogno di possedere questa bellissima bambina, corpo e anima, per farle sopportare di più il suo dolore e soffrire per lui, ma aveva bisogno che lei andasse da lui volentieri.

I suoi pensieri si fecero più oscuri, e ci voleva tutta la sua forza di volontà per non abbandonare il suo piano e prendere il suo corpo in quel momento per possederla e costringerla a essere al suo servizio.

Decise che doveva andare a trovare una delle puttane della compagnia per risolvere la sua frustrazione prima di perdere la sua determinazione.

Sbattendole il sedere, la svegliò:

"Puttanella, sei stata un'inutile assistente personale questa mattina, quindi torna alla tua scrivania e riprendi il tuo lavoro. Ti chiamo se ho bisogno di te."

Lui sorrise mentre il giocattolo ronzava brevemente facendola sussultare e capendone il significato troppo chiaramente.

La aiutò ad alzarsi in grembo, sorridendo mentre osservava il suo sguardo arruffato e le cosce bagnate luccicanti.

"Puoi usare il mio bagno per pulirti, piccola stronza, ma lascia il giocattolo dov'è." Sorrise mentre lei sussultava brevemente.

"Se amo."

Mentre si precipitava in bagno e si guardava allo specchio, si chiese se avrebbe mai smesso di arrossire quando era con lui.

Fissandosi rapidamente il trucco e asciugando l'evidenza del piacere che lui le dava, sussultò quando si voltò per vedere il suo culo arrossato.

Uscendo dal bagno, vide che era uscito senza dire una parola e tornò alla sua scrivania sentendosi stranamente solo senza la sua presenza costante.

ESPOSTO DI FRONTE AD ALTRI

Qualche ora dopo sentì il giocattolo ricominciare a ronzare qualche istante prima di tornare a guardarla rilassato e sorridendole felice.

Ricambiando il sorriso sul suo viso alla vista di lui, si mosse dietro di lei guardando al di sopra della sua spalla il suo computer e posò entrambe le mani sulle sue tette stringendole fino a quando lei gemette piano.

"Lavorando duro, mio piccolo schiavo?"

Prima che potesse rispondere, vide Alan mettersi in mostra con Anne, la bionda bomba dalla reception, al suo fianco.

"Buon pomeriggio, signor Clarkson," Susan sorrise, cercando di ignorare il fatto che le mani del suo Maestro le stavano ancora impastando le tette, anche se il rossore che le copriva il viso diceva molto.

"Susan tesoro, mi sei mancato stamattina, spero che tu non abbia avuto problemi."

L'apparentemente sempre esuberante Alan Clarkson ammiccò e ridacchiò:

"Anne è la mia assistente personale ora e devo portarla a fare la spesa per alcune cose in modo da poterla addestrare adeguatamente in tutto ciò che il suo nuovo ruolo comporta".

Sorrise a Susan.

"Anche Robert vuole delle cose per te, ragazza fortunata, ma abbiamo bisogno di sapere alcune taglie e misure. Anche se da quello che posso vedere, la tua formazione è stata molto pratica."

Rise di buon carattere e guardò le mani del suo Maestro che ancora coprivano le sue piccole tette.

"Andiamo nel mio ufficio a fare una lista."

Il suo Maestro rise insieme ad Alan, sollevandola per le tette e picchiettandola leggermente per farla muovere.

Portandola al centro della stanza, le ordinò di fissarla:

"Susan, mettiti a nudo così Anne può ottenere misurazioni accurate."

La guardò con uno sguardo severo mentre lei esitava.

Si bloccò incredula, il giocattolo ronzava più forte facendola sussultare e alzare lo sguardo e lui inarcò un sopracciglio.

Deglutì, scuotendo leggermente la testa.

"ORA Susan!" La rabbia balenò nei suoi occhi mentre la guardava.

Toccandosi con mani tremanti, lasciò cadere la gonna, si tolse giacca e camicetta e le porse ad Anne, che controllò le taglie e prese appunti.

"Anche il reggiseno Susy, puoi tenere le mutandine sporche per ora."

Ha continuato a fissarla.

Era mortificata dalle sue parole e si tolse il reggiseno.

Si allontanarono da lei una volta che ebbe finito di spogliarsi.

I due uomini si spostarono alla scrivania del loro Maestro per discutere la loro lista a bassa voce, osservandola da lontano.

Mortificata all'interno, rimase quasi nuda e tremante quando Anne toccò e prese le misure di varie parti del suo corpo minuscolo, inclusi i polsi, le caviglie e la gola per quella che sembrò un'eternità.

Le mani della donna bionda sembravano accenderla ancora di più mentre il giocattolo ronzava rendendola più bagnata e i suoi capezzoli incredibilmente duri, aumentando la sua umiliazione.

Alan sorrise quando vide Anne finalmente alzarsi e arrotolare il metro.

"Vieni schiavo, andiamo a fare shopping!" Susan si irrigidì, ma lui prese Anne per il braccio e la condusse fuori dalla stanza, dicendo da sopra la spalla. "Ci vediamo tra poche ore, Robert."

Gli occhi di Susan si spalancarono alla parola schiava indirizzata a un'altra ragazza e si voltò a guardarli andarsene.

Facendogli cenno di avvicinarsi, indicandogli un punto sul pavimento dietro la sua scrivania vicino a lui, la guardò quasi nuda mentre entrava nel posto.

"Ti è piaciuto indossare quelle mutandine sporche tutto il giorno?"

Le fece scorrere una mano sul fianco e la fica sentì la sua umidità.

"No mio padrone".

Lui sorrise.

"Beh, toglili e la prossima volta che sei tentato di indossare le mutandine, pensa a come ci si sente."

Il suo sorriso si fece serio.

"Non indosserai più nulla che copra la tua piccola figa senza il mio esplicito permesso. Mi capisci schiavo? O il tuo disagio sarà molto peggiore, te lo prometto."

I suoi occhi cercarono i suoi assicurandosi che lei capisse che questo, come tutti i suoi ordini, non era negoziabile.

Spogliandosi le mutandine inzuppate e macchiate, rimase nuda davanti a lui, tremante, respirando lentamente e sussurrò:

"Sì, mio Signore".

Accarezzandole leggermente la natica, la spinse verso il basso, appoggiandola sulle sue ginocchia, parlando a bassa voce, ma con un tono tagliente nella sua voce.

"Dato che sei mio schiavo, quando ti chiedo di fare qualcosa a cui obbedisci, quello schiavo è corretto?"

Senza dargli il tempo di rispondere e accarezzandole il bel culo, ha continuato dicendo.

"È quello che avevi accettato. Tuttavia, per la terza volta oggi mi ritrovo a doverti punire."

Non aveva lasciato la sua stanza per risponderle e sorrise quando lei gemette.

"La tua esitazione quando ti ho chiesto di spogliarti non era accettabile, mi obbedirai schiavo, indipendentemente da chi c'è intorno."

La sentì tesa mentre descriveva il suo disgusto.

"Devi aver fiducia che non ti metterò in pericolo. Anche Alan è un Padrone e Anne la sua schiava."

Lasciò che tristezza e delusione si insinuassero nella sua voce.

"Il tuo rifiuto di spogliarti quando ti ho comandato era un riflesso non solo di te, piccolo schiavo, ma di me come tuo Padrone."

Lei sussultò al tono della sua voce, trovandosi vergognosa di averlo turbato ancora una volta, il bisogno di compiacerlo l'aveva svegliata prima facendola desiderare di implorare il suo perdono.

Cominciò a esprimere la sua supplica, ma la zittì.

"Capisco che ti senti uno schiavo e mi rattrista doverti punire di nuovo, ma imparerai a fidarti e obbedirmi in tutto ciò che ti chiedo."

Gemeva per l'imbarazzo, così come il calore che si stava accumulando dentro di lei causato dalla sua mano che le accarezzava e dal giocattolo che ronzava in profondità nella sua figa gocciolante.

Sentì la sua mano sollevarsi e si fece forza pensando che l'avrebbe sculacciata, ma fu sostituita dalla sensazione di una verga sottile che le accarezzava la pelle.

Nel frattempo, la sua mano sinistra si è mossa sotto di lei per accarezzarle la figa e aggiungere più piacere al mix di emozioni che la attraversava.

Si dimenò al suo tocco, ma emise uno squittio di sorpresa quando il bastone le sbatté contro il culo, mordendole la carne, facendola saltare in grembo, sollevando i piedi.

Sentì le sue dita penetrare nella sua figa e nel suo clitoride tenerla ferma e lei urlò di nuovo, i suoi gemiti e gemiti si trasformarono in miagolii dolorosi e sussulti erotici mentre lui la picchiava altre due volte mentre continuava a spingere le sue dita nella sua figa.

Tre lividi rossi pungenti apparvero sulla sua pelle per ciascuna delle sue trasgressioni quel giorno.

Poteva sentire i lividi bruciare sulla sua pelle mentre il bastone crudele veniva sostituito ancora una volta dalla sua mano.

Le sue dita si contorsero e tirarono il suo clitoride gonfio mentre sferzava con forza le linee ricci inesorabilmente, facendola torcere e piegare in grembo gemendo per il dolore e l'eccitazione.

Guardò il delizioso corpicino arrossato sulle sue ginocchia.

La sua gioia ed eccitazione erano evidenti mentre la guardava godere e piangere per lui.

Era il suo Maestro, un desiderio che aspettava da tempo prima che si realizzasse.

Alla fine della settimana, avrebbe accettato di buon grado il suo posto di schiava o l'avrebbe presa con la forza se necessario, ma sapeva che non poteva lasciarla andare.

Parlò di nuovo a bassa voce e ringhiando:

"Vieni per il tuo Padrone, piccolo schiavo. Dimostrami quanto ami la mia punizione."

Il suo corpo si contorse, inarcandosi, tendendosi e tremando mentre esplodeva al suo comando.

La sua mente era persa, fluttuando in una nuvola di piacere e dolore per la terza volta quel giorno.

Ha gridato per lui ed è venuta.

NUOVI VESTITI PER SUSAN

Susan si svegliò stordita e confusa, ancora nuda.

Era rannicchiata tra le braccia del Maestro sul grande divano imbottito di schiuma nel suo ufficio.

La strinse dolcemente, in modo protettivo, come quella di un dolce amante.

Tuttavia, il suo corpo le diceva il contrario e aveva un disperato bisogno di allungare i muscoli doloranti.

Delicatamente cercò di liberarsi dalle sue braccia solo per sentirla stringersi intorno a lei.

Arrendendosi, fece rotolare le braccia dietro la schiena e allungò il corpo sentendo i muscoli protestare e provare più dolore.

Lo guardò negli occhi mentre la guardava.

Infine rilasciando il suo abbraccio e facendo scorrere le mani sul suo corpo mentre si stiracchiava come un gatto.

"Sei mio." Ha detto semplicemente.

Colpisci leggermente l'anca

"Si sta facendo tardi piccola Susy, hai dormito per un po ', ho una macchina che ti aspetta vicino alle scale per portarti a casa."

Le sorrise dolcemente.

"È meglio che ti vesti e vai a casa, prima che trovi altre cose che puoi fare qui."

I suoi occhi si spalancarono e rise.

"Puoi dirlo a chiunque mi chieda che ti ho trattenuto fino a tardi al lavoro per motivi di formazione."

Rise sinceramente del suo viso arrossato mentre si alzava e guardava il suo vestito.

Fece una smorfia, sentendo un vortice di disagio mentre si lisciava la gonna sul sedere.

Andò brevemente in bagno per sistemarsi i capelli e il trucco come meglio poteva prima di camminare dietro la sua scrivania per recuperare le mutandine sporche scartate.

Mutandine in mano, si è presentata obbediente chiedendo:

"Mi scusi per la giornata, maestro?"

Le sorrise e si alzò per baciarla profondamente.

Sorpresa, lanciò un piccolo pianto quando sentì le sue labbra sulle sue, sorpresa dal bacio.

Dopo tutto quello che era successo negli ultimi giorni, questo è stato il suo primo vero bacio e lei si è sciolta con lui.

La portò alla sua scrivania, senza interrompere il bacio.

Posandolo con cura sul tavolo per farle recuperare la borsetta, parlò a bassa voce:

"Sì, schiavo mio, oggi mi hai finalmente soddisfatto."

Lasciò che un accenno di sorriso gli passasse sul viso mentre la stuzzicava.

"Vai a casa, prima che cambi idea."

Le accarezzò il culo godendosi i suoi gemiti e la lasciò, tornando nel suo ufficio.

Sono rimasto più che soddisfatto.

Ma non sapeva cosa aspettarsi quando si sarebbe svegliata la mattina dopo.

Si chiedeva se l'avesse portata troppo lontano nel giorno della punizione.

Sorrise a se stesso.

Era adorabile nella sua naturale sottomissione, e anche se a un certo punto durante il giorno sembrava sul punto di andarsene, era rimasta.

* * *

La macchina la stava aspettando come aveva detto.

L'autista è stato gentile e una volta dentro gli ha consegnato una borsa da un ristorante locale.

"Il signor Robert mi ha chiesto di prenderti qualcosa da mangiare, perché ti avrebbe tenuto sveglio fino a tardi per una sessione di allenamento."

Sorrise per la sorpresa e il colore rosa che le strisciava sulle guance mentre prendeva la borsa e lo ringraziava.

La strada verso casa era silenziosa.

La fissò nello specchio mentre lei guardava fuori dalla finestra senza vedere veramente il paesaggio, i suoi occhi persi nei pensieri della sua giornata.

Sorrise mentre si portava le dita sulle labbra, pensando a tutto quello che era successo.

E riguardo a quello che è successo, è stato il suo bacio ad essere ritardato.

La verità era che le piacevano le cose che le faceva fare, cose che non avrebbe mai fatto da sola o con il suo ragazzo.

Le piaceva poter fingere di essere una "brava ragazza" costretta invece di ammettere che ogni nuova esperienza che le dava le eccitava la mente e il corpo.

Eppure, di tutte quelle cose, era il bacio che le era rimasto impresso.

L'intimità del suo bacio profondo e appassionato era stata molto diversa dal modo autorevole e composto in cui aveva provocato e portato piacere e dolore nel suo corpo, facendola sentire in colpa e vergogna, bisogno e desiderio.

Sapeva che quello che stava facendo, essere la sua schiava, non era giusto e fino a quella sera si era chiesta quanto potesse essere cattiva prima della fine della settimana.

Si toccò di nuovo le labbra, ma il bacio sembrava in qualche modo non farlo sentire così male.

Aveva sentito il suo amore e la sua passione per lei in quell'unico bacio.

***

Si è rigirata sul letto e si è girata mentre cercava di dormire.

"Era cresciuta conoscendolo come parte della sua famiglia, quasi come uno zio. Amava la sua moglie indulgente e familiare ed era amica di suo figlio!"

Si tolse le coperte e fissò il soffitto piena di colpa e vergogna.

"Cosa gli stava succedendo?"

Gemette piano mentre la sua mano le accarezzava il corpo rivivendo la giornata, la sua rabbia, la sua paura, la sua delusione, la sua vergogna, il suo desiderio, il suo bisogno di accontentarlo e infine la passione del suo bacio.

È venuta per la quarta volta quel giorno e alla fine si è addormentata.

* * *

Si svegliò e si trascinò sotto la doccia, i suoi sentimenti di colpa e vergogna tornarono alla sua mente.

Aveva quasi paura di andare a lavorare e trovare quello che quella giornata aveva in serbo per lei, si sentì male e per un momento pensò di chiamare per dire che era malata, prima di scuotere la testa.

Il panico lo lasciò quando uscì dal bagno e imprecò sottovoce quando si rese conto che sarebbe arrivato in ritardo.

Si vestì velocemente e corse giù per le scale per volare fuori dalla porta.

È corso fuori per prendersi direttamente tra le braccia del suo autista del giorno prima.

L'afferrò proprio mentre lei iniziava a correre verso l'autobus.

"Susan"

Alzò lo sguardo.

"Calmati ragazza. Il signor Robert mi ha mandato a prenderti questa mattina."

Fece un passo indietro e aprì la portiera che la condusse in macchina.

Obbediente obbedì sbalordita dalla sua presenza.

Vide due scatole, poste sul sedile accanto a lui, mentre saliva.

Uno conteneva biscotti alla cannella decorati con facce sorridenti e il loro succo preferito.

E in una scatola più grande c'era un biglietto indirizzato a lei.

Lei legge:

"Buongiorno schiavo mio, spero tu abbia dormito bene, intendo prendermi cura di te come il mio tesoro più prezioso, ma c'è ancora molto che devi imparare su come accontentare il tuo Padrone. Sei giovane e bella, non dovresti indossare quegli abiti da lavoro antiquati che tua madre ha scelto te. Fai una colazione veloce e indossa l'abito da questa scatola prima di metterti al lavoro. Non preoccuparti per l'autista, fidati e obbedisci. Robert. "

Toccando la spalla del guidatore, gli chiese se poteva fermarsi in un bar o da qualche parte con un bagno, ma lui scosse la testa.

"No. Mi hanno detto di parlarne senza fermarmi, signorina."

Si appoggiò allo schienale mangiando e valutando cosa fare.

Non voleva essere punita nel momento in cui era entrata.

Finendo i biscotti e il succo, si lasciò cadere in un angolo della macchina e si tenne la giacca al petto mentre si vestiva con la camicetta di seta bianca che aveva preso dalla scatola.

I suoi capezzoli si indurirono e premettero attraverso il materiale morbido al pensiero del guidatore che la guardava, ma non aveva intenzione di guardarsi allo specchio per controllare.

Tirò fuori dalla scatola la gonna plissettata blu navy e si sporse in avanti per coprire la sua nudità.

Si tolse la gonna e rimise quella nuova al suo posto.

Cercando di fare del suo meglio, aveva indossato la camicetta e la gonna a pieghe invece della camicetta e della gonna che indossava.

Prendendo una piccola giacca dalla scatola e posizionandola sul sedile accanto a lui, controllò la scatola per assicurarsi che fosse già vuota.

Ha trovato calze di pizzo bianco alte fino alle cosce e una nota più piccola ...

"Tieni alta la gonna mentre indossi le calze e l'autista ti darà l'ultimo pezzo del tuo vestito. Fidati e obbedisci, piccolo schiavo. Robert."

Mortificata, pensò che probabilmente lui l'aveva vista cambiare comunque, così si sollevò la gonna e rimise a posto le calze, con l'elastico che le si stringeva sulle cosce.

L'autista sorrise allo specchio e le porse un paio di scarpe col tacco alto blu scuro che si intonavano al completo.

Con il viso arrossato, prese le scarpe con un morbido "Grazie" e mise i suoi vestiti nella scatola vuota.

Si appoggiò allo schienale, mettendosi le scarpe ed evitando gli occhi del guidatore per il resto del viaggio.

* * *

Mentre scendeva dalla macchina e si metteva la giacca, scoprì che il suo ampio risvolto le incorniciava le tette rotonde, e i due bottoni bassi la tiravano dalla vita per allargare i suoi piccoli fianchi.

Lisciando la gonna corta a pieghe che copriva a malapena la parte superiore delle calze, si sporse verso l'auto.

Rendendosi conto che troppo tardi le sarebbe stato mostrato il sedere nudo, afferrò la scatola dei suoi vecchi vestiti ed entrò a passo svelto nell'edificio ignorando il sorriso sul volto del guidatore.

Lo ha ringraziato per il viaggio e lui le ha augurato una buona giornata.

* * *

Raggiunse la sua scrivania, infilò la borsa e la scatola sotto di lui ed entrò nel suo ufficio aspettando in silenzio che lui se ne accorgesse mentre terminava una telefonata.

Sorrise dolcemente e indicò un punto davanti alla sua scrivania.

Camminò nervosamente sui tacchi alti mentre entrava nell'ufficio.

Gli stava di fronte mentre lui girava intorno alla sua scrivania e la ispezionava in silenzio.

La sua mano si mosse su per la sua coscia e sotto la sua gonna corta per afferrarle e stringerle il culo, sorridendo mentre si mordeva il labbro e prendeva fiato.

"Bene, mio piccolo schiavo, mi hai soddisfatto della tua obbedienza. Questo è uno degli abiti che lo schiavo di Alan ha scelto per te ieri, ti piace?"

"Oh sì Maestro. Grazie mille."

Le sue mani le coprirono le belle tette e giocarono con i suoi capezzoli attraverso il tessuto trasparente, rendendoli duri come punte di freccia.

"Togliti la giacca."

Guardando i suoi occhi espressivi, rafforzò la presa, pizzicandole le dure manopole tra le dita mentre si toglieva la giacca.

Il suo respiro divenne un rantolo, i suoi occhi si spalancarono e un gemito le sfuggì.

"Una piccola troia così adorabile, il mio autista è rimasto così colpito."

I suoi occhi la scrutarono.

"Avevo ragione, potresti passare per una studentessa cattiva con quel vestito."

Fece un passo indietro, appoggiandosi con disinvoltura alla scrivania, guardandola arrossire.

"Spogliati della schiava, tutto tranne scarpe e calze. Ci sono altre cose che voglio vederti indossare prima di iniziare la nostra giornata."

Voltandosi di nuovo verso di lei mentre si spogliava dei suoi vestiti, le accarezzò delicatamente il sedere, prima di schiaffeggiarlo e chinarsi contro il suo orecchio per ringhiare:

"Il Maestro gode del rossore rosa sulle tue natiche."

Stringendole forte il culo fino a quando lei gemette, lui sorrise e la colpì di nuovo.

Prendendola per un braccio, la guidò intorno alla scrivania, mettendola accanto a sé mentre si sedeva.

"Inginocchiati, schiavo."

Si inginocchiò mentre lui la guardava.

"Quello è il posto giusto per uno schiavo e lo imparerai bene oggi. Quando verrai da me ti inginocchierai sempre."

"Si signore"

Lo guardò aprire un cassetto e tirare fuori diverse catene d'oro prima di voltarsi di nuovo verso di lei.

Ha parlato, a bassa voce ma severamente.

"Ci sono cose che indosserai per me che non sono vestiti. Metti le mani dietro il collo e tienile lì." Guardò lo stupore riempirle il viso mentre muoveva le mani dietro il suo collo allacciando le dita.

Ha rivisto la sua posizione in modo critico, allungando la mano per regolare i suoi gomiti tirandoli indietro, facendola inarcare su di lui e spingendo le sue tette in avanti.

Accarezzandoli rudemente e stuzzicando i capezzoli con ulteriori pizzicotti, parlò di nuovo.

"Non ti chiederò ancora di perforarli, ma vorrei che fossero decorati adeguatamente."

Selezionando una catena, le tirò i capezzoli facendoli passare attraverso piccoli anelli a ciascuna estremità della catena.

Erano abbastanza stretti da tenere la catena, ma senza danneggiare la pelle.

Ha tirato la catena e ha schiaffeggiato la sua tetta sinistra, facendola gemere e lasciandole gli occhi bagnati.

I lacci della catena si strinsero intorno ai suoi capezzoli mentre il suo petto si gonfiava.

Dopo averle accarezzato più volte le tette, ha afferrato la catena e l'ha tirata forte, allungando la carne delle sue tette prima che la catena si staccasse.

Gemette, tremò e le lacrime le rigarono le guance per il pungiglione.

Il suo cazzo sussultò mentre la guardava.

Ha ripetuto il processo pizzicando e stringendo grossolanamente i suoi capezzoli e martellando le sue tette mentre provava cinque catene diverse, tirando ciascuno dei suoi capezzoli con forti strattoni mentre provava un'altra catena.

La catena che alla fine scelse era decorata con campanellini appesi ai passanti che tintinnavano con ciascuno dei suoi schiaffi.

Adesso i suoi occhi erano pieni di lacrime per il dolore mentre lui correva ancora una volta la sua postura.

Usando la scarpa per sollevarsi dalle ginocchia, grugnì.

"Apri le cosce, puttanella, voglio vedere come brilla la tua fica, mentre ti godi il dolore che ti do."

Il rossore sul suo viso corrispondeva quasi alle impronte rosse che le coprivano le tette mentre il suo petto si sollevava.

Sentì lo spasmo della sua figa e gocciolò ancora di più alle sue parole.

"Come potrebbe godersi questo?"

Il suo petto pulsava di calore e dolore.

"Dev'esserci qualcosa che non va in me, questo non era normale. Non c'erano carezze gentili o sguardi ansiosi tra loro. Solo ordini, obbedienza, dolore e piacere."

La sua mente tornò al bacio di ieri e le sue labbra tremavano insieme al suo corpo mentre rabbrividiva al ricordo delle emozioni che aveva provato.

Premendo la sua scarpa contro la sua figa, strofinò la punta del piede sotto la pelle sul suo clitoride gonfio e guardò mentre il suo ansimare aumentava e il suo corpo tremava, facendo tintinnare felicemente le campanelle sulle sue tette rosse e doloranti.

Potevo vedere il calore nei suoi occhi mentre i suoi fianchi rotolavano sulla sua scarpa strofinandola.

Ha continuato a giocare con la sua figa strofinando la pelle dura sul suo clitoride gonfio e sul buco gocciolante.

Il suo corpo continuava a incresparsi e a far oscillare i fianchi contro la sua scarpa in cerca di piacere.

Le fece scorrere le dita tra i capelli e li attorcigliò mentre le tirava indietro la testa e si sporgeva quasi per premere le sue labbra contro la sua bocca ansimante, sussurrando duramente:

"Vieni per il piacere del tuo Padrone, piccola cagna che gode del dolore. Sei mia."

La guardò inarcare più forte contro la sua scarpa, tendendosi e tremando prima di urlare con il suo sperma che le copriva le cosce e la scarpa.

"Era così bella in ginocchio davanti a lui."

La guardò negli occhi mentre il suo cazzo si induriva dolorosamente catturato nei suoi pantaloni.

Le tenne una mano tra i capelli, allentando la forte presa per accarezzarla mentre si calmava.

Le sue gambe tremanti si piegarono per adagiare il sedere sui talloni.

Mentre si riprendeva dalla sua corsa, le disse:

"Pulisci la mia scarpa. Schiavo"

Vedendola iniziare a muoversi per sollevare la mano tra i suoi capelli e lui le spinse la testa verso il basso.

"Con la lingua, piccola puttana, assapora quanto sei dolce."

La guardò mentre la sua testa si abbassava in adorazione ai suoi piedi e sorrideva.

Il suo naso si arricciò per il disgusto e il suo viso arrossì brillantemente mentre si leccava i succhi dalla scarpa.

La tenne contro la sua scarpa finché non fu soddisfatto che avesse finito.

Spingendo via i suoi piedi, le tenne un braccio sopra mentre lei si alzava sui suoi tacchi alti e le campane che pendevano dai suoi capezzoli tintinnavano dolcemente.

"Hai molto da fare oggi, schiavo, quindi hai visto quella cagna arrapata che hai"

Punzecchiando ciò che era stato detto con una pacca sul sedere, si appoggiò allo schienale e la guardò mentre abbottonava la sua camicetta sulle sue tette ora decorate.

La catena che faceva schioccare deliziosamente i suoi capezzoli contro la seta trasparente, le campane chiaramente visibili sotto di essa.

Guardando indietro nel cassetto aperto, inserì le catene inutilizzate e raccolse un altro oggetto prima di alzarsi e ispezionarlo quando finì di vestirsi.

Pizzicandole i capezzoli incatenati tra la seta, la attirò alla sua scrivania prima di rilasciare le sue dita e spingerla a testa in giù e picchiarle di nuovo il culo.

Gemette, bagnandosi di nuovo gli occhi quando si rese conto del dolore e del calore costanti con cui le stava facendo la doccia questa mattina.

Tremava quando le spiegò che avrebbe usato un'altra cosa questa mattina e che più velocemente avrebbe completato i compiti che le aveva affidato, prima gliel'avrebbe preso.

Lo guardò con curiosità mentre portava un piccolo oggetto di plastica rosa davanti al viso.

Questa aveva la forma di una piccola carota, ma la sua curiosità è stata sostituita dalla paura quando ha spiegato dove l'avrebbe usata.

Lei si dimenò sotto la sua mano stretta sulla schiena, le sue gambe premute contro le sue.

Potevo sentire il suo cazzo duro dentro i pantaloni.

Le immagini di lui che la possedeva riempirono la sua mente mentre la sua forte presa si indeboliva per accarezzarla più dolcemente.

La sua voce le sussurrò dolcemente all'orecchio per calmarla.

Vedendo la paura entrare nei suoi occhi, quasi si fermò, ma lei aveva fatto così bene nella sua obbedienza a tutto ciò che aveva voluto quella mattina.

Aveva bisogno di sapere che nulla le era proibito in quello che le avrebbe chiesto, quindi si chinò al suo orecchio e sussurrò:

"Tu, mio schiavo, indosserai questo perché sono il tuo Padrone e mi piace."

La sua mano appoggiò il giocattolo sulla scrivania mentre le accarezzava la morbida pelle del sedere.

"Piccolo schiavo, vuoi compiacere il tuo padrone, giusto?"

Le parlò e la accarezzò come farebbe con un vivace animale domestico.

Sussurrando il suo bisogno di possedere ogni parte di lei, dominarla e possederla completamente.

Muovendo la sua mano che accarezzava la carne rosa calda del suo sedere, facendo scorrere un dito tra le sue natiche verso la sua piccola figa bagnata, la provocò accarezzandole delicatamente le natiche, ancora una volta spalmandole i succhi, ma ora sopra il buco scuro e increspato di il suo sedere.

Sollevando il giocattolo davanti al viso, sussurrò:

"Lo userai, schiavo, per me, il tuo Padrone."

Facendo rotolare il giocattolo sulla sua figa bagnata, coprendolo con il suo sperma, lo premette contro il culo.

Guardandola irrigidirsi e stringersi, le sollevò la mano dalla schiena e le colpì leggermente il culo.

"Rilassati, piccolo schiavo, fidati del tuo Padrone."

Spinse più forte il piccolo plug guardando il suo anello anale che iniziava lentamente ad allungarsi intorno a lui.

Sentì ondate di emozioni contrastanti attraversarla.

Dato che era alla sua mercé, si morse il labbro sapendo quanto fosse caldo per lui.

Le sue dita penetranti le riscaldarono di nuovo la figa sensibile mentre lei sentiva l'altra mano giocare sul suo culo.

Rabbrividì sentendo i suoi sussurri e sentendo il suo cazzo duro contro il suo fianco.

Mentre lui prendeva il giocattolo e giocava di più con la sua figa e il suo culo fino a quando lei non ce la faceva più e lei si lamentava di nuovo e muoveva i fianchi.

Lo sentì riportare la spina nel culo e premerla contro di lei.

Si irrigidì e lui la schiaffeggiò.

Chiuse gli occhi e prese un profondo respiro miagolando per la strana sensazione di farsi scopare il culo.

Sembrava così grande dentro di lei, ma sapeva che non lo era.

La sua mente oscillava tra il calore della sua figa bagnata e la sensazione non così dolorosa, ma eccitante sul suo sedere mentre il suo anello anale si stringeva attorno al tappo per tenerlo a posto.

Grugnì quando vide la spina scomparire all'interno della ragazza che gli stava piagnucolando.

Desideroso di vedere il suo viso mentre indossava la spina, la sollevò in modo che la gonna cadesse a posto coprendole la schiena.

Mentre lo guardava con gli occhi umidi e il rossore che le brillava sulle guance.

Le accarezzò il culo e prese la spina con le dita e per giocarci mentre osservava le emozioni che le coprivano il viso.

Sorrise al suo viso tenero mentre si chinava per baciare le sue labbra tremanti.

"Mi hai fatto molto piacere questa mattina, mio schiavo. Ma ti avverto che questa sarà una giornata piuttosto lunga per te. Quindi, se hai dei piani per stasera, ho bisogno che tu annulli. Trova una scusa." Le sorrise.

"E puoi dire ai tuoi genitori che parteciperai a una cena da socio in affari con me perché richiederò le tue abilità straordinarie e uniche."

Lo sentì mordersi il labbro, arrossire mentre giocava con la spina sul suo culo e il serraggio della sua figa alle sue parole.

"Gli era piaciuto!"

Era stupita di come questo la faceva sentire con il suo bacio aggiungendo piacere alla sua gioia.

Fece un passo avanti per sfiorargli il cazzo, realizzando quanto voleva sentirlo dentro di sé invece dei giocattoli che le faceva usare ogni giorno.

La consapevolezza di ciò le fece bruciare le guance ancora di più, la sua mente emulò il suo tono di comando:

"Tu, piccola Susy, sei diventata la sua puttana."

Non poteva fare a meno dei sentimenti di gioia che provava nel fargli piacere alla luce delle delusioni di ieri.

La vergogna e l'umiliazione di quanto lei gli piacesse la travolse per un attimo.

Le inclinò la testa fino al mento e la guardò negli occhi vedendo le sue emozioni contrastanti, sorrise e la baciò profondamente.

Si sciolse di nuovo.

* * *

Si è seduta un po 'goffamente alla sua scrivania e ha chiamato i suoi genitori per dire loro che stava andando a una cena di lavoro, un'amica che aveva pensato di incontrare per un caffè dopo il lavoro e il ragazzo che aveva già rimandato. per il fine settimana.

Quindi le telefonate finirono rapidamente e lei inviò un messaggio istantaneo al suo Maestro per informarlo.

La richiamò nel suo ufficio e lei entrò nella stanza chiudendosi la porta dietro di sé e camminando verso la sua scrivania prima di inginocchiarsi per stare di fronte a lui.

Lo ispezionò e ne aggiustò la posizione prima di continuare.

Ascoltò attentamente mentre spiegava agli schiavi la posizione in ginocchio: ginocchia aperte, mani dietro la schiena, testa leggermente inclinata verso di lui e labbra aperte.

Ha spiegato la posizione seduta degli schiavi, che era molto simile all'inginocchiarsi, con cui poteva riposare le ginocchia sedendosi con il sedere cullato sui talloni.

Se ti chiedessero di mostrarti quando eri in ginocchio o in piedi, stringeresti le mani dietro il collo e tireresti indietro i gomiti e le spalle come facevi prima.

Le chiese di esercitarsi, usando un comando di una sola parola per inginocchiarsi, sedersi o esibirsi, mentre le parlava dei compiti per il resto dei giorni.

Ci sarebbe stato un pranzo tardivo con alcuni amici del suo club nella sala riunioni del suo ufficio.

Non ti sarà richiesto di cucinare o servire oggi, ma farebbe parte dei tuoi doveri in altri momenti.

La avvertì severamente che non doveva esitare a obbedire ai suoi ordini oggi o che le punizioni sarebbero state di gran lunga superiori a quelle che aveva sperimentato ieri.

Rabbrividì e sussurrò:

"Sì maestro".

"Ti fiderai di me, piccola Susy, che di tutti i beni che ho, sei la più preziosa."

La guardò negli occhi e vide i suoi occhi spalancarsi confusi.

"Sì schiavo, sei mia proprietà. Sei un tesoro prezioso e sei mio."

Il suo cervello gli gridò:

"Una settimana ho accettato, era un gioco!"

La sua mente corse, "Non ricordava nemmeno di aver espresso il suo accordo per la settimana. Come aveva fatto ad accettare questo? Stava parlando come se volesse tenerla sua schiava per sempre!"

Il suo viso mostrava il suo crescente senso di paura pochi istanti prima che la sua bocca scendesse su quella di lei in un profondo bacio appassionato.

Poteva sentire il suo desiderio, il suo bisogno per lei, il suo amore in quel bacio e si sciolse nella sua mente, smettendo di interrogarlo, ricordando a se stessa che lui aveva promesso che avrebbero parlato alla fine della settimana.

Rompendo il loro bacio, si alzò in ginocchio dove lei era senza fiato e si voltò verso la sua scrivania.

Mise diversi file sul bordo della sua scrivania, affinché lei li distribuisse personalmente, e nell'ordine in cui li aveva disposti, ad alcuni dirigenti, oltre a un elenco che dettagliava una serie di compiti per l'intera azienda, inclusa la verifica. di preparare il cibo per il pranzo.

Capì tutto ciò che le aveva spiegato e disse dolcemente:

"Sì, Maestro" quando sembrava aver finito, ma rimase dov'era finché non gli disse il contrario.

Guardando l'orologio, ha suggerito:

"È meglio che ti sbrighi piccolo schiavo, l'addestramento è durato più del previsto e hai ancora molto da fare prima che arrivino i miei ospiti."

Bruscamente tornò al suo lavoro e lei si inginocchiò per un momento confuso prima di alzarsi, afferrare i file e l'elenco, e tornare alla sua scrivania per sistemare i compiti e come affrontarli al meglio.

Gli ha inviato un messaggio istantaneo per informarlo della sua partenza dal suo ufficio.

"Sbrigati allora schiavo. Hai due ore. Non indugiare perché ogni dieci minuti che arrivi in ritardo ti punirò"

Ha mostrato questo messaggio di risposta sullo schermo e si è precipitata via.

Scoprì che i suoi nuovi tacchi più alti del normale le facevano oscillare di più i fianchi e la gonna a pieghe si arrotolò e rimbalzò a ogni passo.

Si teneva le cartelle sul petto in modo che le campane non suonassero.

È quasi volato nelle cucine e in altri compiti prima di consegnare i file per proteggersi il più a lungo possibile.

Sorridendo e parlando poco mentre andava a controllare le cucine e altri piccoli compiti facili da fare, era ancora molto consapevole della catena e della spina che usava per lui, preoccupata che il calore che sentiva costantemente tra le sue gambe avrebbe iniziato a essere evidente a chiunque. persona, da tutti quelli che l'hanno vista.

Controllò felicemente l'orologio nel momento in cui stava impiegando e alla fine iniziò a consegnare personalmente file e note ai dirigenti.

Consapevole di quanto fosse corta la sua gonna e di quanto sottile fosse la parte superiore sulle sue tette incatenate senza reggiseno, arrossì furiosamente quando gli occhi dei destinatari del file la passarono sopra o si soffermarono troppo a lungo su di lei.

Cercava di tenere le cartelle che le erano attaccate al petto, ma la maggior parte delle volte le chiedevano di metterle sul tavolo e aspettare mentre controllavano cosa aveva portato loro.

* * *

Sebbene avesse controllato costantemente l'orologio, si rese conto che sarebbe già arrivato in ritardo alla sua scrivania quando raggiunse la sua ultima commissione, che era nell'ufficio di Alan Clarkson.

Vedendo Anne alla sua scrivania che le sorrideva, Susan arrossì e si avvicinò.

"Grazie per il bellissimo vestito, Anne. Mi sta perfettamente." Susan quasi sussurrò.

Anne ridacchiò allegramente.

"Vedo quanto ti sta bene! Oh, tesoro, penso che sia favoloso, anche se già immaginavo che ti sarebbe andato molto bene. Lascia che dica al Maestro che sei qui che vorrà vederti anche lui!"

"Ho una cartella per lui."

Esclamò, sconvolta nel rendersi conto che anche Anne era una schiava.

Susan la guardò con occhi più critici notando il modo in cui era vestita.

"Fantastico. Quindi raggiungiamo due obiettivi con una sola visita", ha ammiccato e rise di nuovo mentre scriveva un messaggio istantaneo sullo schermo e aspettava una risposta.

Lei rise alla sua risposta, spiegando che gli piaceva l'analogia dei due bersagli.

Uscendo da dietro la scrivania, prese Susan per il braccio mentre la conduceva nell'ufficio di Alan Clarkson.

Alan uscì da dietro la scrivania.

"Dammi il file e lascia che ti guardi Susan, tesoro."

La stava guardando come un lupo affamato che si allunga per prendere il file.

Arrossendo profondamente, le porse la cartella.

Fece un suono "hmm" e le girò intorno.

"Fatti vedere, piccola Susan."

I suoi occhi si spalancarono e lo guardò in faccia per scherzo, ma non ne vide nessuno, così allargò la sua posizione e alzò le mani sulla nuca dietro il suo collo.

"Ooh bells, che adorabile. Sapevo che gli sarebbero piaciute le 'campane per la sua Susan.'"

Rise forte e diede uno schiaffo ad Anne sul culo dicendo:

"Non te l'ho detto!"

Non sapendo cosa fare, e non volendo apparire disobbediente, prima che questo Maestro tornasse a prendere il suo posto mentre la guardava, si bloccò.

"Salta Susan, voglio sentire le campane."

Lei sussultò e lui le fece un cenno con la mano di continuare.

Ha provato, ma i suoi salti erano piccoli mentre ondeggiava sui suoi tacchi alti sussultando mentre la sua gonna si alzava e si abbassava mostrando la sua nudità sotto.

Quasi cadde in un attimo finché non allungò la mano. e l'afferrò per un braccio per tenerla ferma.

"Grazie, signor Clarkson." Lei rimase a bocca aperta.

"Conosci Susan, hai le tette giocose più colorate che ho visto da molto tempo. Dovresti pensare di perforarti i capezzoli. Le tue tette sembrerebbero ancora più appetibili e irresistibili al tuo Maestro." Disse Alan molto seriamente mentre la studiava.

Lei impallidì mentre parlava.

Deve aver visto lo sguardo nei suoi occhi quando si voltò rapidamente verso Anne.

"Togliti la maglietta così Susan può vedere la tua."

Si rivolse a Susan.

"Li ha fatti fare poco dopo essere entrata in azienda."

Susan guardò la donna bionda incapace di incontrare gli occhi di Alan mentre arrossiva ancora di più.

Anne indossava un reggiseno che non copriva i suoi grandi seni, ma piuttosto li sosteneva come uno scaffale.

I suoi seni erano adornati con orecchini dorati larghi e lunghi, che pendevano dai suoi capezzoli.

Susan si bloccò finché Alan non agganciò il dito nell'anello sinistro e lo sollevò, costringendo il suo seno ad allungarsi a forma di cono facendo gemere gutturalmente Anne.

Alan si leccò le labbra e sorrise.

"È semplicemente bellissima, non è Susan?"

"Sì, signor Clarkson."

"Irresistibile come ho detto, ma dobbiamo lavorare tutti prima di poter giocare". Le rivolse il suo sorriso contagioso e le fece l'occhiolino: "Farai meglio a correre alla tua scrivania, Susan, il tuo Maestro ti aspetterà, ne sono sicuro. Fagli sapere che guarderò la pratica prima di pranzo oggi. Ci vediamo lì".

Lui ridacchiò e la rimandò indietro, ancora aggrappandosi a un'Anne piagnucolosa per l'anello d'oro.

"Sì, signor Clarkson," disse Susan voltandosi e quasi scappando dall'ufficio, chiuse silenziosamente la porta dietro di sé.

Prendendo un respiro profondo per calmarsi, tornò di corsa nell'ufficio del suo Maestro.

Non volendo fermarsi o parlare con nessuno mentre tornava alla sua scrivania, camminava a testa bassa, nascondendo il rossore e si chinò per cercare di mascherare le sue tette tintinnanti.

È arrivato alla sua scrivania a velocità record e gli ha inviato un messaggio istantaneo per fargli sapere che era tornato.

LA STANZA DELLE PUNIZIONI

L'ha chiamata subito.

Si infilò nel suo ufficio e cadde in ginocchio proprio fuori dalla porta.

Alzandosi e camminando verso di lei all'ingresso della stanza, abbaiò:

"Seguimi. Sei in ritardo."

Balzò in piedi e gli corse dietro in una stanza adiacente a pochi passi dietro di lui.

Questa stanza aveva una strana decorazione.

Si voltò.

"Mettiti a nudo, ma tieni le calze addosso."

Lei obbedì rapidamente al grido dei suoi ordini, obbedendogli senza pensare, rimanendo nuda e tremando, mentre i campanelli delle sue tette tintinnavano.

La sua attenzione si concentrò su di lui mentre lo guardava aprire un cassetto e tirare fuori un corsetto bianco.

Mettendosi dietro di lei, le avvolse il corsetto intorno al corpo e iniziò a legarla strettamente intorno alla vita.

I risvolti a coppa seguivano la curva delle sue tette giocose e finivano appena sotto i suoi capezzoli.

Boccioli di rosa piccoli, duri e incatenati sporgevano sopra la catena d'oro e le campane, aggiungendo la loro piccola canzoncina ai suoi gemiti.

Intanto è rimasta immobile a guardare senza vedere il muro e poi concentrandosi sulle sue mani, apprezzando la sensazione del corsetto con cui la stava allacciando.

Quando ha finito, lo ha schiaffeggiato sul sedere.

Lei strillò per la sorpresa piuttosto che per il dolore mentre lui la sollevava come una bambola e la lanciava, inchiodandola a una trave imbottita che faceva parte degli strani mobili in questa stanza.

Era alta e si ritrovò a penzolare per le gambe e prendere a calci la trave per ritrovare l'equilibrio mentre sbatteva ancora una volta il sedere.

Si allontanò chiedendole un po'.

"Perché hai impiegato così tanto tempo, piccola schiava? Hai perso tempo con tutti i dirigenti per vedere che grande puttana sei con i tuoi nuovi vestiti e accessori?"

Gemette, arrossendo ancora di più.

Il suo viso è diventato rosso scarlatto quando la mano è stata impressa sul sedere.

Lo sentì muoversi e sfiorarla mentre le sue dita le allargavano le natiche e la palpavano.

Lo guardò da sopra la spalla mentre lui le guardava il culo e arrossì ancora di più, la sua umiliazione per averlo dispiaciuto e la posizione vulnerabile in cui la stava facendo cedere alle sue parole.

La sua respirazione era difficile a causa del corsetto stretto, quindi iniziò ad ansimare e gemere.

Le sue mani le aprirono le natiche e abbassò lo sguardo sul giocattolo ostinato, mentre lei tremava con il culo che lo stringeva.

Fece scorrere le mani sulla sua pelle liscia e si rallegrò del fatto che fosse sua a dominare e godere come desiderava.

Guardando la sua scintillante figa bagnata mentre le sue dita giocavano con la spina, ringhiò:

"Vedo che ti è piaciuto usarlo per me, piccola cagna."

Parlò con un tono di voce tagliente mentre stringeva leggermente il tappo in modo che il suo ano si allungasse lentamente davanti ai suoi occhi.

Gemette, quasi senza fiato.

"Sì maestro".

Sorrise godendosi la vista e il suono di questo corpicino perfetto.

La sua musica lamentosa nelle orecchie mentre tolse il tappo, guardando lentamente l'anello del suo ano aprirsi e stringersi lentamente come una stella scura e tesa.

La stuzzicò ancora una volta con il dito:

"Ogni parte di te è mia, piccolo schiavo! Niente è off limits per il tuo Padrone."

Il suo dito penetrò dentro di lei sentendola urlare in risposta a lui.

Poteva sentire la sua fame per lui a malapena controllata, così tirò via la mano e indietreggiò dal suo ringhio:

"Capisci che devo punire il tuo ritardo ora, giusto?"

"Si signore."

Sentì la puntura sul sedere, non forte come il giorno prima, ma abbastanza da farla sussultare e perdere di nuovo l'equilibrio sulla trave mentre si dondolava.

Poteva sentire il livido, un formicolio che gli bruciava nella carne e iniziò a sputare scuse e scuse.

La zittì con un altro colpo lancinante di frusta.

Continuando mentre le sue dita correvano sui due tubi.

"Devi aver perso tempo da quando eri in ritardo di quarantacinque minuti."

La frusta la colpì di nuovo due volte di seguito e lei strillò e sussultò sulla trave.

"E per altri cinque minuti ..."

La frusta atterrò forte sulle sue cosce.

Gemeva con le lacrime che le offuscavano il viso mentre lividi pungenti irradiavano dolore bruciante attraverso il suo corpo.

Poteva vedere la sua figa luccicare di umidità, quindi ha spostato la frusta tra le sue gambe strofinando la punta di pelle piatta sul clitoride.

Ansimò e tremò.

Ha continuato a giocare con lei spingendo un dito su per il culo mentre lei tremava e gemeva, i suoi fianchi dondolavano tra la sua mano e la frusta premuta contro il suo clitoride gonfio.

Iniziò a pompare il suo dito più forte dentro di lei aggiungendo un secondo dito mentre lei resisteva e miagolava nel bisogno.

Venne in modo esplosivo quasi cadendo dalla trave, ma la sua mano le affondò il culo.

"Che puttana cattiva sei, eh? Come ti piace il dolore"

Ritirò le dita da lei mentre guardava il suo corpo contrarsi per gli spasmi.

"Devi aspettare finché il tuo Padrone non ti dice quando puoi venire, schiavo"

La frusta le morse ancora una volta la carne e lei urlò.

"Mi capisci, schiavo?"

"Si signore."

Ululò mentre la frusta le faceva di nuovo bruciare le cosce.

Sentì più che vedere la piccola striscia elastica di stoffa che lui le sollevò le gambe e le avvolse i fianchi prima di staccarla dalla trave e sollevarla su gambe tremanti.

Abbassò lo sguardo, la striscia di stoffa era abbastanza larga da coprire il suo sesso e all'inizio pensò che potesse essere come una cintura.

"Mostra schiavo", disse mentre portava le mani alla vita e allargava e aggiustava la postura delle cosce e del culo ad ogni movimento.

Si rese conto ora che era una specie di gonna da mostrare.

Si avvicinò a un armadio e tirò fuori un paio di tacchi alti bianchi, mettendoli ai suoi piedi perché lei li mettesse.

Le girò intorno, tracciando le dita sui bordi rossi che si vedevano sotto la gonna sgargiante.

"Non ti sei mai vista più Susan di adesso, Susy."

Si sporse a baciare le tracce di lacrime sotto i suoi occhi ancora acquosi, parlando a bassa voce.

"Mmm, puttanella, mi piace vedere le tue manifestazioni di ansia, ma aspettiamo ospiti, quindi vai nel bagno privato nella seconda porta a destra. Lì troverai le tue solite marche di trucchi. Sistemati la faccia e i capelli."

Le porse un nastro ricoperto d'oro.

"Metti questo nastro. Niente profumo. E torna alla mia scrivania."

Andò in bagno e si fermò davanti allo specchio a figura intera.

"Chi è quella ragazza?" pensiero. "Cosa era successo alla 'brava ragazza' che era stata per tutta la vita? Come era diventata la puttana che vedeva nello specchio?"

Si è spostata e si è dimenata quando ha notato che la gonna non le copriva affatto la figa o il culo, ma piuttosto metteva in risalto i suoi lividi e il suo costante stato di eccitazione.

È un gioco, pensò, sapendo nella sua testa che era ben oltre un gioco e che tutto ciò che poteva fare era aspettare fino alla fine della settimana.

"Alla fine della settimana, cosa succederebbe allora?"

Le sue domande silenziose si fermarono mentre pensava a quella domanda.

"Respira", si disse, "respira e obbedisci".

Si è liberata dalle sue continue domande e si è riapplicata il trucco sul viso.

Si legò i capelli ondulati in una coda di cavallo stretta e tornò allo specchio a figura intera.

"Respira, respira e obbedisci." Si è ripetuta.

Dando un'ultima occhiata e respirando lentamente, tornò da lui andando alla sua scrivania e inginocchiandosi davanti a lui come gli era stato insegnato.

La guardò camminare con le guance arrotondate del suo culo deliziosamente esposte, i lividi che si mostravano rossi e furiosi mentre camminava con cautela sui talloni facendole ondeggiare i fianchi come una puttana pronta al piacere.

"È mio," si disse, quasi incredulo.

La sua formazione era progredita così bene questa settimana; meglio di quanto avrebbe potuto sperare.

Ogni ostacolo che aveva posto sembrava essere superato con relativa facilità.

Costantemente preoccupata che andasse troppo veloce, ieri era quasi scappata, e quella mattina aveva visto la paura nei suoi occhi, ma alla fine aveva sempre obbedito.

La sua sottomissione era stata quasi alimentata in lei dalla combinazione del suo padre prepotente e della sua dolce madre.

La desiderava da così tanto tempo.

Scoprire la sua brama di dolore erotico ha solo alimentato il suo desiderio di dominarla.

Non voleva lasciarla andare alla fine della settimana, anche se sapeva che poteva costringerla a rimanere una schiava per ricatto o costrizione, sapeva che quel tipo di relazione non avrebbe mai esaudito i suoi desideri.

Aveva bisogno di un legame di fiducia e amore reciproco, perché lei desiderasse il suo dominio come lui desiderava la sua totale sottomissione.

La fissò per lunghi istanti mentre lei si inginocchiava davanti a lui.

Aveva lavorato duramente per arrivare a questo punto della sua vita.

Aveva la sua compagnia e il suo club che alimentavano i suoi desideri più oscuri di dominare e controllare tutto nella sua vita.

Aveva una moglie, una famiglia e una casa, l'invidia di molti, ma tutto questo non era mai stato abbastanza.

Poteva avere qualsiasi schiavo in compagnia o nel club, e ne aveva indossati molti in alcune occasioni.

Ma aveva cercato quello che poteva possedere e amare allo stesso tempo, qualcosa che gli era sempre sfuggito.

La guardò negli occhi verde brillante.

Susan era diversa, il suo desiderio era che fosse molto più di un corpo da usare e abusare a volontà.

Volevo possedere, controllare e prendermi cura della bambina, dominare ogni parte della sua vita e mostrarle quanto può essere profondo l'amore di uno schiavo e di un Maestro.

Com'è diverso da marito e moglie, o amanti, ma era molto più profondo e più fiducioso.

Prendendo un nastro di velluto bianco dalla scrivania, si chinò in avanti per baciarla profondamente.

Mentre si metteva il nastro intorno al collo.

Fu sorpresa quando sentì lo scatto del fermaglio chiuderla come un girocollo stretto.

Le sue mani continuarono ad accarezzarla mentre il bacio indugiava.

Le accarezzò le spalle e si mosse lungo il suo petto, per pizzicare i piccoli germogli duri scuotendoli per sentire il suono delle campane e il suo gemito nel suo bacio.

Rompendo il bacio, si alzò tirandola più vicino a sé per i suoi capezzoli.

"I nostri ospiti arriveranno presto, vieni mio piccolo schiavo."

L'ha condotta nella sala riunioni e l'ha spinta davanti a sé, ha semplicemente detto:

"Vieni là."

La guardò mentre si mordeva il labbro e guardava il numero di sedie.

Andò a capo del tavolo ovale e si inginocchiò sul pavimento accanto a quella che pensava sarebbe stata la sua sedia.

"Molto bene, mio piccolo schiavo, hai imparato bene dalle cose oggi."

INCONTRO CON I MAESTRI

Il personale di cucina era arrivato con il cibo ed era occupato nella piccola cucina a preparare gli ultimi dettagli della festa.

Nel frattempo, il suo Maestro ha preso una grande sedia e gli ha fatto cenno di sedersi accanto a lui, indicandogli un posto sul pavimento.

Sussultò quando prese il suo posto e ascoltò mentre le parlava a bassa voce:

"Gli uomini che vengono oggi sono alcuni dei miei più vecchi amici. Anche loro sono padroni e porteranno con loro i loro schiavi."

La guardò mentre assorbiva le sue parole e poi continuò:

"Obbedirai a loro come obbediresti a me. Ma non permetterò che ti ferisca, piccola Susy."

Si morse il labbro, i lividi che le decoravano il sedere e le gambe pulsavano ancora con l'evidenza di cosa sarebbe successo se lo avesse deluso.

Alzò gli occhi quando lui tacque e guardandolo negli occhi sussurrò: "Se amo".

Stava per chiedere qualcosa di più ai suoi ospiti quando un uomo che teneva al guinzaglio una ragazza è entrato nell'ufficio.

Sorrise calorosamente, allungò una mano, afferrando quello di Robert e lo scosse con decisione.

"Siamo i primi ad arrivare?"

"In realtà Steve, è vero. Piacere di vederti." Abbassò lo sguardo e chiese: "E come stai oggi, Shaky?"

Susan fu sorpresa quando la ragazza rispose con un "Hiip", come il suono di un cagnolino e si dimenò quando lui le accarezzò la testa.

Susan la guardò più da vicino quando si rese conto che indossava una collana di pelle rossa con la parola "cagna" scritta in diamanti sul davanti.

Susan stava ammirando l'abito di pizzo che la schiava indossava quando sentì il suo nome e alzò lo sguardo, arrossendo, quando l'altro Maestro la salutò.

"Piacere di conoscerla, signore", uscì con voce stridula mentre arrossiva ancora più profondamente, ben consapevole di quanto si sentisse esposta.

La sua attenzione tornò alla porta quando sentì la forte risata di Alan Clarkson, che entrò con un uomo identico a quello che l'aveva appena salutata.

Susan guardava dall'uno all'altro con la testa che girava mentre osservava i due maestri gemelli.

Stordita, le ci volle un momento per rendersi conto che una ragazza snella era ancora in silenzio dietro la coppia di Amos che ridevano.

Quello che era entrato con Alan era Master John, il fratello gemello di Steve, seguito da una ragazza snella, la sua schiava Samantha.

Ovviamente era anche dietro ad Anne, che le sorrise e le fece l'occhiolino.

Gli ultimi due membri del gruppo sono arrivati con le loro ragazze in pochi minuti.

Susan rimase seduta in silenzio cercando di non attirare l'attenzione mentre gli uomini si salutavano e le ragazze.

Chinò la testa e sorrise quando fu salutata, non fidandosi della voce acuta che aveva accolto il primo Maestro.

Ecco perché taceva nel suo nervosismo.

Si trasferirono tutti nella sala riunioni, che il talentuoso staff della cucina aveva dato l'atmosfera di una vecchia sala da pranzo.

Susan studiò gli ultimi ospiti.

Il Maestro Barry era un uomo corpulento, vestito in modo più disinvolto rispetto agli altri Maestri, poiché indossava jeans e una giacca che sembravano strani in contrasto con gli abiti finemente lavorati degli altri maestri.

Era seguito da Cinthia, una bionda alta con una corporatura atletica i cui muscoli sembravano incresparsi ad ogni movimento.

L'ultima coppia era Master James, un signore anziano con gli occhi azzurri che era seguito da Amy, una ragazza paffuta con una bocca minuscola che la faceva sembrare l'angelo di Cupido.

Tutte le ragazze si sedettero come lei accanto alle sedie dei rispettivi padroni quando i camerieri entrarono con vino e cibo per il primo piatto.

La mano del suo Maestro nutrì i suoi piccoli morsi dal suo piatto e lei si crogiolò nel gusto del ricco cibo.

Guardava le altre ragazze mentre i Maestri discutevano di affari e di amici comuni.

Anne era appoggiata con le braccia attorno alla gamba del suo Maestro, Shaky sembrava rannicchiarsi sui piedi del suo Maestro, Amy aveva appoggiato la testa sulla coscia del suo Maestro e Cinthia sembrava quasi scuotere la coda di cavallo con piccoli movimenti della testa.

Anne catturò il suo sguardo e gli fece l'occhiolino.

"Abbiamo bisogno di un campanello di servizio qui Robert, dove sono quei camerieri?" Si lamentò il maestro James.

"Forse potremmo scuotere Susan invece" rise Alan.

Gli occhi dei Maestri più anziani si illuminarono alla prospettiva e poi si accigliarono.

"Una ragazza così bassa dubito che possa fare abbastanza rumore."

Robert rise di buon carattere.

Smetti mai di lamentarti, James? "

"Potrei farlo se dai una scossa a quella tua bambina."

Susan guardò il suo Maestro chinarsi e tirare la catena tra i suoi capezzoli e scuoterla, suonando dolcemente i campanelli.

"Immagino che avessi ragione James, non fa molto rumore."

Dopo aver detto questo, la sua mano scattò alla velocità della luce colpendo la sua tetta destra facendola gridare più per la sorpresa che per il dolore.

"Andava meglio?"

"Quello era poco più di uno stridio."

James sorrise e i suoi occhi blu brillarono su di lei.

Come in risposta al cosiddetto cigolio, i camerieri sono apparsi e hanno rimosso i piatti, sostituendoli con cibo più sontuoso.

I Maestri tornarono a parlare di affari, mentre ancora una volta Susan si dedicò allo studio delle ragazze.

Si chiese se avessero scelto di essere schiavi o se, come lei, fossero intrappolati in quella situazione.

Ma era intrappolata?

All'inizio forse, ma ora non ne era del tutto sicura.

Forse stava iniziando a piacergli più di ogni altra cosa.

Guardò di nuovo intorno al gruppo e scosse la testa.

Questo non sembrava vero.

La normalità di sedersi e prendere piccoli morsi con la mano dal piatto del tuo Maestro come se fosse fatto ogni giorno.

Forse era rimasta così coinvolta in questo gioco da non considerare più la sua schiavitù una cosa negativa?

I suoi pensieri gli attraversarono la mente mentre obbedientemente apriva e chiudeva la bocca per un altro boccone.

Si chiedeva se le affettazioni della ragazza facessero parte della sua personalità o se fossero state modellate secondo la volontà dei loro padroni.

E si chiedeva anche come dovevano averla guardata queste ragazze, con il loro costante rossore e ingenuità,

Potresti dire che non era una vera schiava?

Persa nei suoi pensieri, non aveva ascoltato le conversazioni dei Lord e fu sorpresa quando gli altri Lords iniziarono ad alzarsi e lasciarono la stanza lasciando sole le ragazze.

Alzò lo sguardo con curiosità al suo Maestro quando anche lui si alzò.

Si chinò e le accarezzò delicatamente i capelli.

"Torno presto piccolino."

Annuì leggermente e li guardò allontanarsi.

Non appena la porta si chiuse, la cicciottella Amy si alzò e scrutò il tavolo prima di scivolare sul posto vuoto del suo Maestro e portare il suo bicchiere di vino quasi pieno alle sue piccole labbra.

Samantha alzò gli occhi al cielo.

"Sei una mocciosa Amy, faresti meglio a non farti beccare lì."

"Fai una pausa Samantha, non sei la ragazza più grande qui." Shaky intervenne: "Amy è sempre una mocciosa che non cambierà, inoltre dobbiamo divertirci con la nuova ragazza". Fece un sorriso a trentadue denti in direzione di Susan. "Devi dirci all'adorabile Susan come hai catturato l'elusivo Maestro Robert."

Si era avvicinata strisciando a lei e si era sdraiata sulla pancia con le mani appoggiate sul mento mentre aspettava una risposta.

Come poteva dire a queste ragazze che era stata catturata?

Che non sapeva nulla della schiavitù e che questo era iniziato come un gioco per lei.

I pensieri di Susan corsero e lei arrossì profondamente mentre le ragazze la fissavano in attesa di una risposta.

Samantha l'ha salvata:

"Non credo che Susan avesse idea di tutto questo, tesoro."

Susan scosse la testa, abbassando gli occhi.

E Samantha continuò a sussurrare in tono cospiratorio agli altri:

"Non ero mai stato uno schiavo prima di questa settimana." Si rivolse a Susan e le rivolse un sorriso rassicurante: "Non preoccuparti tesoro, queste ragazze non si divertiranno davvero con te. Lo lasciamo ai Maestri". Lei rise.

"Assolutamente no! È vero?" Shaky guardò il viso di Susan con avida curiosità.

Amy si avvicinò anche: "Bene, bene, una dolce ragazza innocente, che avrebbe pensato che era quello che stava cercando il Maestro Robert, sorpresa di conoscere i suoi gusti."

Susan cercò di evitare la propria sorpresa mentre parlavano di lei, ma poteva sentire il calore del rossore riempirle le guance.

Amy continuò: "Il tuo padrone non ha mai preso uno schiavo come suo prima d'ora. Pensi che ti manterrà?"

Susan alzò gli occhi spalancati e urlò:

"Tienimi?" scosse la testa, "Pensavo che sarebbe stato un gioco divertente, ma ora tutto è confuso nella mia mente. Con tutti voi qui, sembra la cosa più normale del mondo, ma non so davvero cosa sto facendo la maggior parte del tempo."

"Oh zitto tesoro, va tutto bene." Samantha ha detto con un occhiolino, "Ti ho guardato tutta la settimana e sei sempre più sorprendente ogni giorno che passa."

Shaky sorrise. "Sei davvero un novellino, no! Beh, sai, se ti ha fatto incontrare tutti i nostri Maestri, penso che abbia intenzione di tenerti vicino per un po '." Shaky leccò la guancia di Susan facendola ridere, "E sarebbe bello avere una nuova compagna di giochi, o preferisci Samantha?"

Amy abbassò lo sguardo dal tavolo e increspò le labbra:

"Ci sono molte schiave nel club che hanno sofferto per aver indossato la collana di Master Robert. Se decide di restare con te, dovremmo essere in grado di sentire le grida lamentose di tutte loro." Rise, battendo le mani e bevendo un altro sorso di vino del suo Maestro. "Mi piacerebbe vedere alcuni dei loro volti quando lo scopriranno."

"Immagino che quello che vogliono dire le ragazze sia che sembra che il Maestro Robert abbia intenzione di tenerti con lui." Anne si fermò quando vide l'ansia negli occhi di Susan. "Ti piace essere il suo schiavo, vero?"

Susan fu sorpresa dalla domanda.

A lui è piaciuto?

Si morse il labbro mentre ci pensava.

Si era ripetuta di essere una brava ragazza costretta alla schiavitù, ma come poteva dirlo a queste ragazze?

Volevo disperatamente chiedere come sono diventati schiavi.

Avevano la possibilità di decidere se ... erano d'accordo? "

Cinthia agitò la coda di cavallo, sbuffò leggermente e inclinò la testa.

Amy scivolò a terra puntando il dito contro Cinthia e sussurrando: "Non so come faccia!"

Un attimo dopo, la porta si aprì e arrivarono i camerieri per sparecchiare la tavola.

Ognuna delle ragazze rimase in silenzio mentre i camerieri lavoravano velocemente per riempire la tavola di frutta e formaggio e le lasciavano sole ancora una volta.

Di nuovo, tutte le altre ragazze guardarono Susan ancora in attesa di un qualche tipo di risposta.

"Non so cosa sto facendo, tanto meno cosa voglio", disse tristemente Susan. "Questo è diverso da qualsiasi cosa io abbia mai sperimentato prima. Sembrate tutti così gentili, quindi, umm. Normale!" Cinthia sbuffò e inarcò un sopracciglio. "Beh, sai cosa intendo, per il mondo normale, lo stereotipo di una schiava del sesso è ..." cercò la parola giusta.

Arrendendosi, alzò le spalle.

"Oh, va bene bambola," Anne venne in sua difesa. "Conosciamo lo stereotipo, ma tieni gli occhi e la mente aperti a tutto ciò che vedi e senti e ti renderai conto che non c'è niente di normale in questo mondo intero. Pensa al sesso come un gelato, se a tutti piace la vaniglia Che mondo noioso sarebbe. "

Amy alzò gli occhi al cielo e poi fece un cenno a Susan.

"Il gelato è una vecchia analogia appiccicosa, ma funziona. Alla gente piacciono cose diverse, cibo, macchine, vestiti e sesso. Direi che devi decidere da solo, ma penso che quella decisione sia già stata presa per te."

Susan si morse il labbro e stava per protestare dicendo che aveva un giorno in più per decidere, ma il loro sistema di allerta precoce, Cinthia, li riportò al loro posto proprio mentre i Lord tornavano ai loro posti e parlavano giovialmente degli affari del club e conoscenze reciproche.

Dopo quelle che sembrarono ore, ma probabilmente non più di una, Amy soffocò uno sbadiglio senza molto successo e attirò l'attenzione del tavolo.

Padrone James guardò in basso, "Beh, questo è quello che ottieni rimanendo in piedi oltre la tua buona notte, piccola."

Alzò lo sguardo imbronciato e iniziò a protestare: "Ma ..."

Uno sguardo severo del suo Maestro le gelò la lingua e lei si scusò e si inginocchiò più dritta.

James poi sorrise e arruffò i suoi riccioli

"Perché non chiedi al Maestro Robert se puoi suonare con le campane di Susan per tenerti occupato ancora per un po 'e poi ti porto a casa, piccola?"

La malizia brillava nei suoi occhi quando si alzò e si voltò dolcemente verso Robert dicendo.

"Oh, per favore, Maestro Robert, posso? Sono così belle campane e tu hai uno schiavo così bello."

"Come potevo dire di no a una ragazza così dolce?" Robert sorrise.

"Grazie Maestro Robert, grazie!" Amy ribollì e scomparve sotto il tavolo per strisciare verso Susan.

"Sembra che adesso sia sveglia." Alan rise quando Shaky lanciò un grido eccitato e si calmò con un rapido strattone al guinzaglio.

"Sembra che tutti vogliano giocare con la nuova ragazza." Borbottò Barry.

Robert le sorrise.

"Non posso dire di biasimarli, mi piace molto giocare con lei."

Questo fu accolto con molte risate e si ritrovò ad arrossire furiosamente sotto lo sguardo attento della stanza.

Amy era felicemente seduta accanto a lei, giocando con i capezzoli di Susan e suonando le campane a vari tempi mentre la conversazione continuava intorno a lei.

Sentì il suo Maestro giocare con la sua coda di cavallo e la guardò negli occhi penetranti.

Il suo respiro si fermò e i suoi occhi si spalancarono quando sentì la bocca di Amy stringersi intorno al suo capezzolo.

Mentre suonava i campanelli con le dita, la sua lingua si mosse sulla sua dura punta rosa.

Gli occhi del suo Maestro scintillarono e gli angoli si incresparono in un sorriso che non si trovava solo sulla sua bocca.

"Sembra che la mia ragazza sia troppo eccitata come al solito, è meglio che la accompagni a casa o sarà troppo nervosa per dormire di nuovo. Forza ragazza, portiamo a casa." Il maestro James si alzò mentre parlava.

Amy gettò indietro la testa e lasciò il capezzolo che aveva allattato con un forte schiocco.

Alzando lo sguardo, chiese dolcemente:

"Posso baciarla per salutarla?"

"Sì piccola. Allora ringrazia il Maestro Robert e andremo."

Amy mise una mano sulla guancia di Susan e l'altra sul collo di Susan, tenendola a posto mentre premeva le sue labbra sulle sue.

Susan sentì la lingua insistente e aprì delicatamente le labbra quando il paffuto la baciò dolcemente ma profondamente, esplorando la sua bocca con una lingua svolazzante lasciando Susan senza fiato alla fine del bacio.

"Ciao mio nuovo amico, spero che ci vediamo molte altre volte. Devi venire a un appuntamento di gioco, ho così tanti giocattoli fantastici!" Lei piagnucolò quando il suo Maestro si schiarì la gola e si alzò, "Grazie per avermi permesso di giocare con Susan, Maestro Robert."

"Prego, tesoro, dormi bene. Il tuo vecchio scontroso Padrone sembra stravolto."

Amy ha messo la sua faccia innocente più seducente, "Lo pensi?" Guardò il suo Maestro su e giù, "Forse dovrei prendere il mio kit da infermiera quando arriviamo a casa e dargli un controllo."

"Oh, penso che sia proprio quello che ti serve cara. Ora vai e torna a casa."

James gemette, "Grazie per questo amico mio, forse la prossima volta posso riempire la testa di Susan di faccende per tenerti occupata."

Amy sorrise e si voltò verso il tavolo: "Addio maestri e ragazze".

Ha quindi preso la mano del suo Maestro e ha proceduto a condurlo fuori dalla stanza mentre salutava.

Steve rise dicendo a bassa voce a John:

"Oh, penso che sarà un'altra notte memorabile per quel moccioso sfacciato."

John ridacchiò.

"A meno che James non decida di sculacciarla durante il lungo viaggio verso casa."

"Anche Cinthia ed io dovremmo essere in viaggio adesso, voglio andare al circolo di equitazione e abbiamo molta preparazione da fare". Barry borbottò nel suo profondo tono baritono.

Robert si alzò e sorrise.

"Oh sì, certo. È stata una fortuna che tu fossi in città per la nostra riunione. Grazie per essere venuto, Barry."

Robert andò alla porta del soggiorno prima di voltarsi e indicare agli altri:

"Perché non ci spostiamo sulle sedie più comode quando si avvicina la notte? La vista è abbastanza buona lì."

I Maestri si alzarono e li seguirono con le loro ragazze dietro.

Anne ha spinto Susan a muoversi.

Stava guardando Cinthia e lei camminare con le sue lunghe gambe quando finalmente il riferimento al circolo ippico gli scattò in mente.

Guardò più criticamente le altre ragazze che cercare di vedere le loro qualità, per così dire.

Shaky era un cucciolo adorabile e Anne era una ragazza esuberante e sexy, ma Samantha la stava confondendo.

Susan era perplessa quando ha visto la ragazza camminare, era divertente come se fosse una ballerina.

Susan ancora una volta si sentiva fuori posto, non c'era niente di speciale in lei e aveva molto da imparare.

Si rese conto che non avrebbe mai potuto essere speciale come queste ragazze e che il suo Maestro stava solo giocando con lei.

Con questo si rese conto che non l'avrebbe fatto, non avrebbe potuto tenerla come sua schiava se non avesse avuto una qualità speciale.

Sentì in lei un'ondata di sollievo che non avrebbe dovuto decidere da sola.

Ma presto la sensazione fu seguita da una fitta di tristezza.

Si morse il labbro persa nei suoi pensieri, seguendo il suo Maestro alla sua sedia e sedendosi accanto a lui.

Scosse indietro i pensieri dalla sua testa quando il suo Maestro gli avvolse ancora una volta la mano nella sua coda di cavallo e lo guardò.

"Ehi John, fai in modo che la tua ragazza mi serva fratello, questo schiavo è inutile con tutto ciò che non arriva in una bottiglia o lattina."

Steve diede una gomitata a Shaky con il piede e lei gli ringhiò leggermente, facendolo aggrottare la fronte.

Con un cenno del suo Maestro, Samantha si è mossa verso il Maestro Steve con i suoi piedi che danzavano.

Premette il suo corpo contro di lui leccandogli il collo all'orecchio, mordicchiando dolcemente e facendo le fusa:

"Maestro, cosa vuoi che ti dia questo schiavo stasera?"

"Uno scotch per favore, tesoro."

Samantha si aprì dal suo corpo, girando sulle punte dei piedi e scivolò in cucina.

Pulì un nuovo bicchiere e si voltò leggermente per offrire agli osservatori una visione del profilo sensuale e curvo del suo corpo mentre faceva scorrere il bordo del bicchiere su e sopra il gonfiore dei suoi seni, tremando e respirando profondamente.

Susan la stava guardando affascinata.

Anne riempì a metà il bicchiere prima di aprire la porta del congelatore, lasciandosi avvolgere dall'aria fredda.

Quest'aria le indurì i capezzoli, rivelando chiaramente le loro punte appuntite sotto la bella veste di seta che indossava.

Afferrò il ghiaccio e lo lasciò cadere nel bicchiere con un forte tintinnio.

Chiuse la porta del congelatore con un movimento dell'anca e si appoggiò allo schienale, scuotendo la testa e facendo cadere i suoi capelli in un'onda di seta scura.

Si voltò verso il Maestro, i suoi seni gli sfiorarono il braccio, e portando prima il bicchiere alle labbra, per baciarne l'orlo, fece le fusa:

"Il tuo whisky, padrone Steve, questo schiavo spera che il tuo servizio ti sia piaciuto."

"Servizio squisito come sempre e qualcosa di dolce. Ora torna dal tuo Maestro prima che mi dimentichi a chi appartieni ".

Susan era in soggezione di come Samantha avesse reso così sensuale servire un drink.

Si scoprì a desiderare di poterlo fare e alzò lo sguardo per vedere la reazione del suo Maestro solo per scoprire che lui la osservava da vicino.

I suoi pensieri gli balzarono in testa.

Sarebbe così divertente da accontentarlo?

Forse avrebbe potuto imparare ad essere così elegante e attraente, e forse allora il Maestro avrebbe voluto restare con lei.

Si era convinta che lui l'avrebbe mandata via dopo la fine della settimana.

Trovandosi intrappolata nel suo pensiero lungimirante, si chiese di nuovo: "Era questa la vita che voleva, che fosse posseduta come una schiava, che le negava la libertà di scelta obbedendo a tutti i suoi comandi? Potrebbe imparare ad essere speciale in un certo senso? cosa gli piacerebbe? "

Il suo desiderio di accontentarlo ancora una volta soffocò tutte le sue altre domande e riportò la sua attenzione ai Lord che continuarono a scherzare mentre il pomeriggio si trascinava e il cielo diventava nero come l'inchiostro.

I gemelli Masters hanno rifiutato altri drink affermando di aver avuto un fidanzamento al club quella sera, e Alan ha anche dichiarato che non vedeva l'ora di visitare il club e vedere cosa era in mostra.

Robert si rifiutò di unirsi a loro, sostenendo che aveva ancora del lavoro da sbrigare.

Si alzò per andare alla porta della riunione chiacchierando amabilmente e Susan lo seguì in silenzio ringraziando Anne per tutto il suo sostegno durante il lungo pomeriggio e la sera.

"Ah tesoro, non era niente, siamo stati tutti nuovi ad un certo punto in questo stile di vita."

Baciando Susan sulla guancia, Anne seguì Alan nell'ascensore.

Quando l'ascensore finalmente si chiuse, Robert si voltò e tornò in ufficio, fiducioso che lei l'avrebbe seguita.

Quando si inginocchiò davanti a lui, sedendosi sui talloni, si chinò in avanti per accarezzarle la guancia.

"Sono molto contento della tua performance oggi, ragazza."

Si chinò per baciarla profondamente e lei sentì le farfalle svolazzare sulla sua pancia e un'emozione le corse lungo la schiena.

Ero felice!

La gioia che provava era palpabile unita al suo bacio.

Non stava pensando ad altro che a come le sue parole e il suo tocco la facevano sentire.

"Ora che ci siamo assicurati che tu abbia la serata libera, facciamo un gioco, Susy. So quanto ti piacciono i giochi." Le sorrise un sorriso complice.

"Si signore." Lei sussurrò.

Aveva sperato che con la scomparsa degli ospiti gli sarebbe stato permesso di tornare a casa e rilassarsi.

Era stata una giornata molto lunga ed era molto confusa, con tutti i suoi pensieri aggrovigliati nella sua mente.

Lui continuò:

"Ognuno di noi può fare tre domande su questa sera. Puoi chiedermi tutto quello che vuoi sapere sui nostri ospiti e sul pomeriggio. Ti farò domande su ciò che spero tu abbia imparato. E come sempre, se non sono soddisfatto delle tue risposte ci saranno delle conseguenze"..

Si contorceva sapendo che non stava prestando abbastanza attenzione ai piccoli dettagli e la sua mente spesso vagava,

Avrebbe dovuto intuire che ci sarebbe stato un test, lo stava sempre provando in qualche modo.

Ma lei annuì e sussurrò:

"Se amo".

"Bene, ora iniziamo, dammi il nome di ogni ospite e del suo schiavo."

Fece un respiro profondo e con un tremito nella sua voce iniziò:

"Alan Clarkson e la sua schiava Anne, Steve Goodman e la sua schiava Shaky, John Goodman e la sua schiava Samantha, James Smith e la sua schiava Amy, e Barry Collins e la sua ragazza Cinthia".

Si morse il labbro, senza essere presentata formalmente, aveva sentito i nomi e collegato i cognomi grazie alla sua conoscenza pratica degli appunti e delle e-mail che aveva inviato loro come sua assistente.

"Molto impressionante," sorrise, "ma temo che come schiava, che era il tuo unico ruolo stasera, tutti dovrebbero essere trattati come Padroni seguiti dal loro nome." le accarezzò il grembo quando vide il suo labbro inferiore abbassarsi, "In grembo, piccola Susy."

I lividi dolorosi che l'avevano contrassegnata come puttana all'inizio della giornata erano svaniti da tempo.

Le fece scorrere delicatamente la mano sul sedere prima di colpirlo forte e guardare l'impronta della mano iniziare a brillare di rosa sulla sua pelle liscia.

Si morse il labbro gemendo mentre muoveva le gambe.

Nel frattempo, la sua mano scese altre quattro volte, una per ciascuno dei Maestri che avevano assistito al tardo pranzo.

Alcune lacrime le erano scese lungo le guance, più per averlo deluso che per i colpi, quando le aveva toccato il culo e aveva suggerito:

"Il tuo turno".

Ha pensato e chiesto:

"Ognuna delle ragazze era speciale in un modo unico, dato che Shaky era una cucciola, sono state addestrate ad essere in quel modo dai loro Maestri o è così che sono naturalmente?"

"Alcuni schiavi hanno una predilezione per un certo ruolo e saranno presi da un Maestro e addestrati per i suoi desideri e bisogni." Si fermò un attimo prima di continuare: "Alcuni Maestri preferiscono una tela bianca e prenderanno una ragazza e la daranno forma a loro piacimento. Tuttavia, per entrambe le possibilità, la ragazza deve avere una sottomissione naturale. Forza La schiavitù di una ragazza non va sempre bene come vorrebbe un Maestro. "

La sua mente sussultò.

Non era stata costretta?

Era iniziato come un gioco.

Aveva accettato di essere sua e di obbedirgli completamente per una settimana.

Ha ammesso di non essere stata costretta ad accettarlo, ma non sapeva davvero cosa stava accettando.

La mano che le accarezzava il sedere si fermò quando lui iniziò a parlare e lei ascoltò attentamente la sua domanda successiva.

"Delle sei ragazze qui stasera, parlami di ognuna di loro talenti speciali come le hai viste."

Sapeva che c'erano solo cinque ragazze, ma non gli piaceva correggerlo mentre era in una posizione così vulnerabile, quindi ha iniziato:

"Shaky è molto simile a un cucciolo. Penso che Cinthia sia un pony. Amy è molto infantile. Anne è una bomba bionda dai grossi seni. Samantha mi ha sconcertato, ma penso che sia una ballerina e si muove con grazia."

Voltò la testa per guardarlo speranzosa.

Le ha colpito duramente il culo due volte.

"Anne, come te, la mia piccola Susy, è eccitata dal dolore in un modo che non piace alla maggior parte delle schiave. Samantha, per esempio, non è affatto eccitata dal dolore o dalla punizione. Il suo piacere deriva dal piacere Il suo Maestro. E brilla nel modo in cui serve, ballando. Il suo Maestro segue lo stile di vita degli orientali ". La sua mano si librò di nuovo e alzò un sopracciglio: "E il sesto?"

Si morse il labbro con un cipiglio mentre la sua mente correva cercando di capire chi si fosse perso nella sua risposta.

Guardò il suo sorriso mentre la sua mano scendeva di nuovo.

Urlò e sbottò:

"Non capisco visto che c'erano solo cinque ragazze."

La colpì di nuovo quando lei rispose:

"Hai dimenticato lo schiavo più importante, il mio!" La sua mano si abbassò di nuovo per sottolineare il punto. "Eri lì, vero?"

Si voltò e gridò:

"Sì, Maestro, ma non sono speciale, non ho talenti speciali."

Abbassò la testa lasciando cadere le lacrime.

Il suo cuore saltò un battito, era davvero così innocente e ingenua, così speciale nel suo bisogno di piacere e servire che sopportava tutte le richieste che lui le aveva fatto e accettava le sue punizioni quasi volentieri.

Era, con il suo rossore e il suo carattere dolce, l'epitome dell'ingenuo e non se ne rendeva nemmeno conto.

La sua dolce piccola principessa in pubblico e la sua amante del dolore in privato quando lo voleva.

"Non ti ho detto per tutta la settimana che sei speciale? Cosa c'è di speciale nel mio desiderio per te e nel bisogno di essere padrone di te? Avendo incontrato alcuni miei amici, pensi che li presenterei a uno schiavo che non lo era speciale?" Quasi ruggì l'ultimo, facendola rabbrividire e la sua mente vacillando per la confusione.

Susan gemette.

"Sì, Maestro, non voglio dire, Maestro, Oh ..." gridò, "Non so cosa intendo."

La sua mano continuava a scendere sul suo culo ormai rosso facendola gemere di più, il calore che scorreva attraverso il suo corpo mentre la sculacciava gli faceva strofinare la pancia sul suo grembo mentre sentiva la sua durezza crescere e la sua figa strofinare sulla sua coscia.

Chiuse gli occhi ansimando e gemendo rumorosamente.

Il calore, il dolore e la sensazione di lui le mandavano spasmi in tutto il corpo.

Proprio quando stava per venire, lui smise di poggiarle pesantemente la mano sulla parte bassa della schiena, tenendola ferma in modo che non potesse muoversi.

"E la tua prossima domanda è ..."

Non riusciva a pensare chiaramente, il suo bisogno di venire era così urgente che il suo corpo tremava e gemeva.

"Cosa vuoi adesso e hai bisogno di chiedere a una piccola cagna?"

Sentì un intenso rossore di vergogna coprirla mentre esprimeva il suo bisogno:

"Per favore, Maestro, devo venire, lasciami venire."

Era la prima volta che glielo faceva chiedere ed era come un ultimo ostacolo che lei aveva saltato senza sforzo.

Alzò la mano in movimento e iniziò a frustare di nuovo le guance rotonde e sode, la sua mano rimbalzò sulla superficie rossa mentre lei sbatteva contro la sua coscia e il suo cazzo.

La voleva così tanto che dubitava di poter aspettare la settimana per prenderla, ma aveva bisogno di aspettare per assicurarsi che sarebbe rimasta.

Si irrigidì e lanciò un lungo stridio ansimante mentre scuoteva la testa, nuotando di dolore e piacere.

La sua fica pulsava per lo sperma tanto necessario che sembrava sparare flussi di piacere attraverso il suo corpo come colpi mentre continuava a venire per molto tempo.

Alla fine lei cadde molle in grembo.

La prese in braccio e la cullò tra le braccia.

Mentre riguadagnava il suo corpicino tremante che si rannicchiava tra le sue braccia.

Lui sorrise.

"Sembra che sculacciare non sia una gran punizione per te, mia piccola stronza dolorosa. Ora hai appena fatto una domanda, quindi immagino che sia di nuovo il mio turno."

Saltò e sussultò quando si rese conto che il gioco non era finito e scosse la testa per schiarirsi i pensieri.

Le prese il mento e sollevò la testa per guardarla negli occhi.

"Quanto dura una settimana, Susy?"

La domanda la sorprese, si morse il labbro pensando che doveva esserci una risposta alternativa a quella ovvia, ma non riusciva a pensarne una, quindi sussurrò:

"Sette giorni".

Sorrise mentre osservava l'alba della comprensione sul suo viso.

"Hai fatto bene per la prima metà della tua settimana, mio piccolo schiavo." Ha detto assicurandosi che lei capisse il suo pieno significato.

"Sette giorni."

Ha ripetuto in un sussurro.

La sua mente vagò ai piani che aveva fatto per essere a casa dei suoi genitori questo fine settimana per aiutare con una festa di anniversario e iniziò a mordersi il labbro preoccupata.

La osservò attentamente prima di chiedere:

"La tua ultima domanda, Susy?"

Lo guardò con occhi preoccupati sussurrandogli:

"Ho pensato ... voglio dire, ho pensato ... umm ..."

Lo guardò in faccia senza leggere nulla nei suoi occhi per aiutarla a dirgli che aveva pensato che la sua settimana sarebbe stata una settimana lavorativa, solo cinque giorni, quindi osava chiedere:

"Gli schiavi hanno i fine settimana liberi?"

FINE

89

www.ingramcontent.com/pod-product-compliance
Lightning Source LLC
Chambersburg PA
CBHW051415130726
47989CB00012B/1288